Cécile Oliva

Sous la lune marine

A ceux qui restent

1

Avant que le vent se lève

L'alerte donnée, très tôt ce matin-là, ne changeait rien pour moi. Il me semblait que je ne saurais que trop tard par quelle force l'ouragan se présenterait. Il ne restait que neuf heures avant son arrivée. La lumière du jour était d'un jaune étrange. La nature frappée de stupeur rendait l'atmosphère oppressante. Le silence était lourd. Aucune brise ne venait caresser les feuilles des arbres, aucun oiseau ne chantait, même la mer s'était tue. Je suppliais, en mon fort intérieur, que quelque chose enfin survienne. A chaque inspiration je cherchais un souffle d'air qui me paraissait disparaître avant même d'atteindre mes poumons. C'est ainsi suffoquant que je me suis installé, aux environs de midi, à la même place que tous les autres jours malgré la promesse des prochains déchirements du ciel.

Le patron du bar restait aussi impassible que moi face aux menaces météorologiques. Il attendait sans doute un autre présage pour commencer à barricader portes et volets.

Il n'est pas nécessaire de dire son nom ni le mien d'ailleurs, l'île est loin de l'Europe, de l'autre côté de l'Atlantique, au cœur des Caraïbes. Savoir cela suffit.

Je ne sais plus depuis combien de temps je suis ici. Ce n'est qu'après avoir jeté un regard dans le trou noir du mal-être que l'envie de partir m'a saisi. J'ai oublié la vie que je menais avant de la quitter pour cette région du monde, encore intacte dans son humanité, avec sa mer où laver mes péchés et ceux des autres. Lorsqu'on décide de disparaître, d'abandonner ceux qu'on connaissait, ceux qu'on n'arrivait plus à aimer, il est préférable ne pas chercher à garder de souvenirs de ce qui constituait l'*avant*.

Tous ceux qui sont arrivés sur cette île ont eu le souci d'oublier, tous, sauf cette femme qui est venue à moi ce jour-là.

A sa vue, jusqu'au fond de moi-même le vent s'est levé.

Malgré l'accablante chaleur j'ai commandé un verre de rhum arrangé. Je ne me souviens plus de son parfum, le piquant du fruit m'a moins frappé que la lassitude de sa démarche. Je l'ai aperçue arrivant du rivage, elle semblait fatiguée d'avoir nagé. Ses pieds nus laissaient derrière elle de longues trainées sur le sable. Sa robe, encore mouillée par l'eau de mer qu'elle n'avait pas pris le temps de sécher, n'avait plus de couleur, ou de cette couleur qu'on appelle *passée*. Ses cheveux trempés étaient tenus en arrière et relevés en un chignon désordonné. Je me souviens encore du désordre de ses cheveux, du désordre qu'elle a répandu autour d'elle en quelques secondes.

La route a dû être longue pour arriver jusqu'ici, est la première chose à laquelle j'ai pensé.

Les quelques mots que je venais de jeter sur ma page blanche me semblaient n'avoir aucun sens, qu'ils avaient surgi de rien pour aller nulle part. Je produisais des papiers médiocres pour des journaux médiocres, je n'en tirais aucun plaisir mais aucune honte non plus. Je n'avais jamais eu beaucoup d'ambition. Je prenais même un certain plaisir à rester impassible devant tout ce qui m'entourait.

Mon absence s'est soumise à la présence de cette femme dès le premier instant. Je me souviens encore de l'orientation de la chaise qu'elle choisit pour s'assoir. Je me souviens encore de l'inclination qu'elle lui donna, personne n'aurait pu s'assoir plus près de moi. Elle a posé ses yeux sur moi comme si elle me connaissait déjà. Elle ne m'a pas souri tout de suite, elle a d'abord regardé mes mains et le froissé de ma chemise. L'atmosphère déjà cruelle est devenue si brulante que je me suis couvert, d'un coup, de sueur. Elle n'a rien fait de plus, l'essentiel était déjà là. Elle venait d'accoster accompagnée du même mystère que celui qui régnait tout autour de nous ce jour-là. Je n'ai pas eu envie de la déranger, je n'ai rien dit, je l'ai laissé donner le rythme. Elle s'est sauvée de son silence en disant : *J'ai envie de toi.*

Cela n'existe pas, ai-je pensé. Cela n'existe pas qu'on puisse dire cela comme çà, de cette manière-là. Qui suis-je pour elle ?

Quel homme a-t-elle cru voir pour venir ainsi vers moi ?

N'y a-t 'il donc que le désir pour délester l'âme de tout ce qui l'encombre et l'accable.

Certaines femmes s'offrent à vous pour qu'on sache quelque chose d'elles. Elles veulent qu'on comprenne ce qu'elles n'osent pas dire.

Il n'y avait que sur une île, arrêtée dans le temps, écrasée de chaleur, menacée par l'arrivée d'un cyclone, qu'elle pouvait parler à celui qui n'avait rien d'autre à faire que d'écouter.

Tout ce qui est rejeté par la mer appartient à celui qui le trouve.

Tout ce que j'ai eu envie de savoir, elle me l'a dit. J'ai écouté sans me préoccuper de savoir ce qu'il resterait de tout cela, ni si cela avait du sens de m'y consacrer.

Il n'est jamais risqué de parler de soi, de confier ses secrets les plus intimes ou les plus anciens, ceux nichés au cœur de son enfance, à quelqu'un qu'on ne connait pas, qu'on rencontre pour la première fois.

Il y a des êtres à qui on peut dire très vite la vérité et il y a les autres. Cela ne change rien à l'intérêt qu'on leur porte, cela change juste les conversations. Le flot de ses paroles se déversait sur moi par fortes vagues comme un bateau qui aborde un nouveau continent sans rencontrer de récifs. Je me laissais envahir.

Comme il est difficile de sonder une âme, d'en décrire les nuances si troubles, si sombres, si indéfinissables parfois.

Si je devais définir l'ensemble de ses confidences, en un mot, c'est l'idée de fatalité que je choisirais. Une fatalité choisie comme transcendée. A aucun moment elle m'est apparue d'une obéissance servile face aux évènements. Au contraire ses actes semblaient avoir été affranchis de toutes conséquences, comme si l'enchainement des rencontres avait été désiré et attendu.

Au-delà des coïncidences, elle est restée fidèle à elle-même. Ancrée forte et puissante, sans se soucier des règles d'usage, elle n'a eu cesse d'écouter ses pulsions et de s'abandonner au réel. Enchainée à son passé, tel un papillon bloqué sous la vitre du souvenir, elle n'a eu cesse de s'abandonner aux pulsions du présent. Comme une réplique, chaque pulsion entrainant une rencontre n'a été qu'une répétition de tout ce qui composait sa nature profonde, impossible à réinventer, jusqu'à ce jour où elle s'est assise à côté de moi.

Alors que je m'apprêtais à saisir ce dont j'avais besoin pour ne rien oublier, je lui ai demandé :

Par quoi voulez-vous commencer ?

Par qui ? a- t-elle répondu.

Avant de poursuivre ainsi :

« C'était un 15 août. Il faisait froid comme il peut faire froid certains étés à Paris. La journée avait été calme, la soirée s'annonçait sinistre. Le silence m'avait accompagné tout au long de la journée. Je n'étais pas encore sortie de chez moi. Je n'étais pas partie marcher. Marcher jusqu'à l'épuisement. Je n'avais pas su où aller. Je n'étais qu'errance. Comme une aveugle il me semblait que la crainte d'aller ailleurs me ramenait toujours au même endroit. Au même endroit de mon absence. J'aimais promener ma solitude et mon silence dans les rues étourdissantes de Paris. C'est à cela que servent, parfois, les villes. Promener son absence au milieu de la foule compacte des rues et des faubourgs. L'idée de passer la soirée seule m'angoissait et personne ne pouvait m'accompagner ce soir-là où que ce soit. Je n'avais personne.

En milieu de soirée, n'y tenant plus, je décidai d'aller boire un verre dans un café loin de chez moi.

Je connaissais un peu les serveurs du soir et je pourrais toujours discuter avec l'un d'entre eux de ce Paris désert et d'ennui. Je restai en pull et en jean sans souci de plaire juste celui de ne pas avoir froid.

Montmartre semble être un vieux quartier paresseux. Il ne faut pas se fier aux apparences, son charme est luisant comme des braises sous la cendre. Une douce indolence terriblement séduisante y règne. Pour y gouter, il suffit de ne pas se tromper et de s'asseoir au bon endroit. A peine arrivée, je m'installai sur un des hauts tabourets en bois du comptoir. Le serveur me complimenta sur ma mine radieuse, que j'estimai ne séduire que lui. Nos échanges composés du peu de cette journée venaient remplir le vide de mes pensées. Les allées et venues des uns et des autres ne laissaient aucune trace. Tous les êtres autour de moi n'étaient que des lignes, de pâles silhouettes, des ombres, de simples mouvements qui ne duraient que quelques secondes et puis plus rien.

Quelque chose manquait.

La nuit était tombée. Personne ne voulut plus se morfondre de cette journée sans relief, elle se terminait enfin.

Puis il entra, lui, l'inconnu.

Je le croisais depuis quelques semaines au hasard de nos occupations dans le quartier, le plus souvent dans ce café. Je m'y m'installais, parfois l'après-midi, dans un fauteuil club tourné vers le bar. Lui toujours debout, commandait un café qu'il buvait très vite en me regardant un peu puis en m'ignorant complétement.

Ses apparitions étaient toujours brèves, nos échanges inexistants. Mon attirance pour lui avait été immédiate.

Il avait cette attitude qu'ont ceux qui ne doutent jamais d'eux-mêmes, qui ne doutent jamais de l'effet qu'ils font sur les autres. Accoudé au bar, il semblait poser, se nourrissant avidement du regard des filles tournées vers lui. Un petit rictus insolent accompagnait toujours son regard qui restait accroché au mien trois secondes, jamais plus longtemps. Parfois il bougeait, se retournait, faisait semblant d'attendre quelqu'un qui ne venait jamais. Ses derniers gestes signalant son prochain départ provoquaient en moi, à chaque fois, étonnement et souvent même un certain désarroi.

Il n'était pas attirant, il était pénétrant.

Ses cheveux courts sur un front haut et son nez imparfait rendaient le dessin de son visage plus troublant encore.

J'avais pu entendre sa voix. On aurait pu la décrire rapide, incertaine ou ordinaire. Cela n'avait pas d'importance car elle était la sienne. Aucun garçon, aucun homme ne marchait comme lui, il se déhanchait comme seule une fille perchée sur ses hauts talons pouvait le faire. Arrogant, oui il l'était mais bien plus encore. Il faisait claquer les talons de ses bottes usées comme une réponse aux regards croisés qui semblait dire : je sais bien que je vous plais mais je ne peux rien faire pour vous.

Ce soir-là il entra accompagné d'un ami, m'examina surpris de me voir pour la première fois dans la nuit, me salua d'un signe de tête et s'assit à une table tout près du bar. Je ne savais plus quoi faire, comment me tenir, que dire au barman qui le regardait contrarié, où mettre mes mains, comment croiser mes jambes. Il se rendit compte de tout tel un chien ayant déjà reniflé le cul de l'autre chien. Il tourna alors une troisième chaise vers sa table et d'un geste de la main m'invita à venir les rejoindre.

Je découvrais enfin son odeur. Il ne portait pas de parfum, il sentait un peu le tabac mais surtout l'été. Aucun de nous trois ne fit une remarque pouvant trahir l'étonnement d'être ainsi réunis.

Il s'appelait Mateo. Son ami je ne sais plus.

Je répondis à leurs questions, Mateo aux miennes.

Il était d'origine uruguayenne par son père et habitait un studio rue des trois frères. Il ne travaillait pas, ne savait pas encore quoi faire de sa vie, il ratait toujours tout ce qu'il entreprenait. Il avait été gymnaste en équipe de France, avait voyagé beaucoup, avait participé à de nombreux tournois, n'en avait gagné aucun.

Le cheval d'arçon avait été sa seule discipline. Ses mains m'apparaissaient encore blanches, recouvertes de magnésie. Il avait su rester concentré, soucieux de l'enjeu, volontaire, courageux, malgré l'enchainement des défaites. Il ne me semblait plus arrogant. Certains regrets pouvaient se lire dans ses yeux devenus tendres. J'imaginais son corps léger s'envoler dans les airs. Un ballet composé d'un même élan, courir, s'élancer, tourbillonner, voltiger, et essayer de retomber toujours impeccablement sur ses pieds.

Il souriait. Sa bouche était belle, ses lèvres pleines, je sentais qu'il devinait chacune de mes pensées. Peut- être voyait-il que je lui tendais déjà mes seins.

Il n'était pas encore parti en vacances, sûrement en septembre. Où ? Il ne savait pas encore. Il improvisait sa vie. Il était deux heures du matin, le café fermait et moi à présent je devais improviser ma nuit. On raccompagna son ami, au bout de la rue, il partit sans rien dire. Mateo me demanda alors où j'habitais et me fit promettre que s'il restait avec moi cette nuit-là je ne chercherai jamais à le revoir. Je promis sans avoir besoin de comprendre.

Je ne me souviens plus de ce qu'on s'est dit en arrivant chez moi, si je lui servis un verre ou pas, ni où il se déshabilla. Je me souviens juste de ses bras autour de moi, de son corps puissant contre le mien, de la force qu'il dégageait. Une force légère et vitale.

Il ne m'embrassait pas, il me mordait. Il s'élançait, je courais, il voltigeait, je tourbillonnais. Brusquement agrippés l'un à l'autre, avidement l'un dans l'autre. On ne se caressait pas, on s'attrapait, on se poussait, on se tirait. En sueur, haletants. Une force nous unissait, de celle qui s'exprime toujours avec fougue.

Une force soumise au seul désir de vouloir posséder l'autre. De l'entendre gémir, crier, supplier. D'avaler sa bave. Et l'ardeur de puiser sa sève dans un râle. Nous étions deux combattants de lutte. De lutte charnelle, de cette lutte vive et délicieuse qui laisse des marques d'effort et d'extase sur tout le corps.

Une nuit, c'était une nuit, personne ne dormit.

Il me raconta toutes sortes d'histoires insolites ou décevantes avec des filles rencontrées au cours de ses voyages. A Tokyo, une japonaise minuscule, et si menue qu'il avait eu peur de la casser, avait crié toute la nuit *Fuck me ! Fuck me more !* Il se demandait encore pourquoi elle avait crié autant et toujours la même chose.

Il m'avoua que lorsqu'il me croisait dans la rue, il se demandait à chaque fois pourquoi j'étais seule. Il avait cru que j'avais un secret. Que je cachais, peut-être, un défaut monstrueux du corps. Un défaut qui ne se voit que lorsqu'on est nu. Un défaut monstrueux du corps qui faisait fuir les hommes. Je ne disais rien, j'écoutais. Il me dit aussi que j'étais la fille la plus triste qu'il ait jamais rencontré et que curieusement, c'était cela qui lui avait plu.

Il me demanda pourquoi j'étais seule, pourquoi je n'avais pas de mari, de fiancé, de petit ami, si j'en avais eu un, au moins une fois dans ma vie.

Aussi loin que je m'en souvienne, j'ai toujours su que je ne serai jamais la femme de personne, est l'unique réponse que je lui ai donnée.

Il n'y a pas que les défauts du corps qui font fuir les hommes.

Je l'ai recroisé trois mois plus tard, j'attendais de traverser le boulevard Bonne Nouvelle. Je l'ai vu, au loin, arrêté au feu rouge, assis sur son scooter. Je l'ai reconnu tout de suite. Il a roulé vers moi, escorté par une meute de véhicules hurlants. Il est passé sans s'arrêter, puis a levé un bras. Je n'entendais plus rien. Son bras ainsi dressé ressemblait au mat d'un bateau que j'avais déjà vu disparaitre au loin. Tout le monde s'en va.»

Tout le monde s'en va, c'est par ses mots que Stella acheva sa première histoire. Parce qu'elle s'appelait Stella.

Ce qui suit est bien plus qu'un récit, c'est un portrait.

Une vie intérieure dans toute sa nudité.

Un voyage intérieur dans toute son étrangeté, insérée entre chaque ligne, que j'ai essayé de décrire pour qu'il puisse être ressenti au plus près.

Les premières rafales de vent arrivent toujours accompagnées des premières trombes d'eau. Il nous restait neuf heures avant l'arrivée des premiers signes de l'ouragan.
Neuf heures pour neuf chapitres qui l'ont fait voyager de Rome à Paris, de l'île de Pantelleria à Cuba en passant par Molène et ici.
Car il faut bien partir un jour pour avoir la chance de se perdre.

2
La maison aux esprits

Dehors : 1°- Vagues 2 mètres, soleil couchant.
Il y a des endroits où le silence est celui d'une tombe, d'autres où flotte un esprit mystique ou de damné. C'était une maison étrange, isolée des autres, à la pointe de la terre. Une maison à la mauvaise réputation, des fantômes y venaient parfois la nuit, disait-on.

Elle était partie en voyage et avait choisi, comme première destination, l'île de Molène, en Bretagne. Elle avait eu besoin de travailler un peu. Elle dessinait des croquis qui lui permettaient de vivre, comme elle aimait les hommes, au jour le jour. Elle ne savait qu'ébaucher des lignes. Droites, en courbe ou par trainée, souvent répétitives, les seules qui savaient donner un sens à sa vie.

Fenêtres ouvertes, Stella contemplait le soleil couchant. Elle s'offrait aux vents et aux cris de la marée, attentive au bruit des fortes vagues qui venaient mourir contre la côte si belle de cette région.

Sur une grande table un portrait, fait au crayon, la regardait encore. Elle avait dessiné, d'un trait gras et sans couleur, une femme qui semblait être arrivée par hasard là où elle se trouvait. Une naufragée assise par terre, nue, contre un rocher. Sa bouche légèrement ouverte s'étirait vers le vide, elle n'avait pas d'yeux, après le nez il n'y avait plus rien. Aucun crâne, aucune pensée, aucun souvenir. Elle était étendue là, tel un coquillage vidé de son contenu, revenu sur le sable d'un simple coup d'écume. Tout autour, en cercle, les mots d'un poème enveloppaient son dessin comme l'auraient fait les tendres coussins d'un cercueil.

Ils disaient :

J'ai tant rêvé de toi, tant marché,

Couché avec ton fantôme

Qu'il ne me reste plus peut-être,

Et pourtant, qu'à être fantôme

Parmi les fantômes et plus ombre

Que l'ombre qui se promène

Et se promènera inlassablement

Jusqu'à la dernière île de notre vie.

Stella était seule et n'envisageait pas de rencontrer quelqu'un comme on le pense quand on est seul. Elle avait renoncé, il y a longtemps de cela, à cette idée d'âme sœur car elle savait son âme isolée de toutes certitudes qui auraient pu lui permettre d'imaginer garder qui que ce soit.

Très tôt ce fut trop tard. La première fois qu'elle avait aimé un garçon, elle avait senti, au plus profond d'elle-même, qu'il ne resterait pas avec elle. Qu'elle serait, toujours, celle qu'on ne choisirait pas. Jamais. Et pourtant l'envie des hommes existait. Le désir était le seul sentiment auquel elle pouvait se fier, sans retenue, sans avoir peur de risquer quoi que ce soit. Elle ne vivait que de rencontres qui n'avaient besoin d'aucune promesse pour naître ni de regret pour s'achever. Elle n'en souffrait pas. Elle semblait avoir accepté ce qu'elle pensait être son destin.

Elle avait connu un homme à une soirée plusieurs jours auparavant. Il l'avait invité à danser et lorsqu'elle le sentit contre elle, elle sut qu'elle aurait envie de lui. L'instant avait suffi.

Rares étaient ceux qui pouvaient la comprendre. Certains prenaient son comportement pour de l'indifférence et d'autres pour une sorte d'inertie. Sa mélancolie pouvait à certains moments être frappante. Son regard sombre semblait toujours interroger quelqu'un avec une expression de profond regret comme pour lui demander :

Pourquoi as-tu fait ça ?

A la nuit tombée, elle ferma les fenêtres, alluma toutes les lampes et ainsi seule au milieu du silence se souvint d'une nuit. Elle se souvint d'une nuit où elle fut plongée dans un silence bien plus effroyable que celui-ci, ce silence qui ne vous donne plus aucune preuve de l'existence de la vie.

Le silence imposé par celle qui est partie.

Le deuil suit un rythme de vague, comme si la perception de la perte allait et venait, animée par le nébuleux mouvement des souvenirs. Un courant qui ne suit que la divagation irrationnelle de l'esprit.

Ce soir-là Stella se souvint, comme souvent elle se souvenait le soir. Le souvenir de la mort de sa sœur lui rendait souvent visite à la tombée du jour. Il venait alors s'installer à côté d'elle comme l'aurait fait un compagnon.

Qui a le plus à dire, se souvenir est-ce encore se confier à soi-même…
Elle se laissa envahir par les impudiques détails.
Cette nuit qui n'a jamais eu de jour qu'une date, un 14 février.

Une beauté lumineuse, une fragilité crue, de longs cheveux bruns, des yeux verts de chat, un rire enfantin. Comment décrire ceux qui n'existent plus, comment décrire ce qu'ils ont possédé de vie, de lumières, de nuances, de couleurs ? Comment raconter les derniers instants d'une vie qui n'était pas la sienne ? Comment décrire les tourments, la violence du désespoir de ceux qui, un jour, font le choix de mourir ?

Qui sommes-nous pour prétendre pouvoir décrire cet instant précis où la vie et la mort se mêlent en une dernière danse funèbre ? Ce ballet macabre où les gestes vivants organisent la mort prochaine. Qui peut livrer les derniers fragments de pensées qui surgissent lorsqu'on saute d'une fenêtre ?

Lorsque Stella pensait deviner la profondeur de cette douleur, elle savait aussi qu'elle se trompait. Sa sœur était morte d'avoir voulu mourir. C'était bien la seule vérité. Elle a sauté d'une fenêtre pour échapper à la vie. Si Stella ne pouvait prétendre connaître les derniers instants avant sa mort, en savait-elle davantage sur ce qui avait été le quelque chose de sa vie.

Qu'a-t-on vécu lorsqu'on meurt à vingt ans ? Qu'est ce qui doit composer une vie pour dire qu'elle a été vécue ? Suffisamment vécue. Sa sœur avait-elle été sure de vouloir que sa vie s'achève ou bien était ce juste l'insupportable douleur qui ne devait plus être ?

Sa sœur était-elle morte à cause d'un homme qui venait de la quitter ? Ou avait-elle décidé, un jour, bien avant, que sa vie serait brève et sa mort brutale ? Avait-elle eu envie de mourir pour pouvoir rejoindre leur père, pour ne pas le laisser seul au pays de ceux qui ne sont plus là ?

Toutes ces questions demeureraient sans réponses.

Pour elle, pour tous.

Qui était-elle pour parler en leurs noms ? Pour nommer, raconter, ce que ni sa sœur, ni son père n'avaient souhaité exprimer avant de mourir. Ils n'avaient laissé aucune lettre. Cela serait trahir que parler à leur place. Il n'existe aucune réponse au pourquoi du suicide que celle qu'emporte avec eux, ceux qui, un jour, font le choix de mourir.

Stella ne se souvenait pas de leur dernière conversation.

Quand avait-elle vu sa sœur la dernière fois ?

Que s'étaient-elles dit ? Avaient-elles ri ?

Comment pouvait-elle ne pas se souvenir. Tout le monde se rappelle les derniers moments partagés avec ceux qu'on aime, même les plus cruels.

Si elle ne souvenait pas de la dernière fois, le plus ancien demeurait bien là, tapi dans l'ombre, caché dans le recoin le plus obscur de ses pensées. Prêt à resurgir au bon moment.

La mort frappe toujours les vivants jamais les morts, disait un proverbe sicilien.

Il n'y a pas que les fantômes qui nous poursuivent.

3
Pantelleria

36° 46' N 12° 01 E.

L'orage violent et la pluie ininterrompue de la veille avaient fait craindre une vilaine journée mais le vent du matin avait rendu le bleu au ciel. Stella était étendue au soleil intense de midi. Etalée de tout son corps sur le sable noir des volcans, doux lit chaud de cendres. Elle s'était levée tard, engourdie. Certaines nuits, ses rêves ne lui permettaient aucun repos, aujourd'hui ils étaient entourés d'une haute mer aussi dense que limpide.

Elle s'était installée sur l'île de Pantelleria, l'île la plus au sud de la Sicile qui se trouvait si loin de l'Europe qu'on disait d'elle: ce n'est plus l'Italie, c'est déjà l'Afrique.

Elle était heureuse au milieu de ce paysage de lune, aride, magnifique et désolé, où le soleil semblait avoir mangé la terre.

Anonyme et familière de ces lieux, de ces eaux chaudes et de ces vallées fraîches, Stella nageait tous les matins et dessinait le soir face au soleil couchant.

Pantelleria, l'île où était né son père, qu'elle découvrait, elle, pour la première fois.

Elle avait loué une petite maison ronde qui donnait sur la mer, une maison légère qui possédait peu de différence entre l'intérieur et l'extérieur. Quelques habitants du village animaient déjà son quotidien. Giulio à qui elle achetait des livres, des feuilles et des crayons, et Nonno et Nonna, un couple de petits vieux inséparables qui s'assoupissaient souvent, l'un après l'autre, sur le banc, le plus à l'ombre, du côté de la grande place. La première fois que Stella les avait rencontrés elle leur avait demandé quel était leur secret pour être ainsi encore ensemble de cette façon-là après tant d'années. En riant ils lui avaient répondu qu'ils n'avaient compris qu'ils ne s'aimaient vraiment que depuis quelques temps.

Ce soir elle était attendue chez Giulio, qui recevait quelques habitants du village ainsi que son frère Alberto qui habitait de l'autre côté de l'île. Elle avait acheté une bouteille de vin pour le dessert, un Moscato, intense et élégant, et écrirait une lettre tout à l'heure en rentrant.

Sur la route, elle sourit à tous ceux qui ne la voyaient pas et se dit que la soirée serait sans doute aussi belle que celles qu'elle partageait depuis de nombreux jours maintenant.

Le soleil brûlait tant que la fraîcheur de sa maison l'accueillit comme une rivière se déversant entre les murs. Elle s'allongea sur le lit et s'endormit aussitôt. Plus tard dans l'après-midi, elle écrivit :

Alberto,

J'ai pensé à toi aujourd'hui. Il y a un instant dont je me suis souvenue et que je voulais te raconte r: c'était la seconde fois où nous avons fait l'amour. Juste après. Tu étais sur moi, essoufflé, essayant de retrouver ta respiration, appuyé sur tes bras, la tête tournée sur le côté. Je te regardais, tu étais trempé de sueur. Des dizaines et des dizaines de gouttes perlaient sur ton front, tes joues, ta bouche, ton cou, que j'essuyais doucement de ma main. J'ai ouvert la bouche pour attraper celles qui tombaient, je les voulais avec ma langue, et puis tu as tourné tes yeux vers moi, je n'ai pas osé continuer. Tu t'es excusé de transpirer ainsi, moi je n'avais plus envie de bouger. Hier lorsque je t'ai croisé près des bateaux alors que je revenais de là-haut, en m'approchant de toi, je les ai vues de nouveau ces perles de sueur sur ton visage, j'avais envie de te lécher, je te parlais et t'écoutais, concentrée sur ton odeur, je t'aurais léché le corps entier.

A la tombée de la nuit, elle partit.
C'était elle, c'était lui. Rien de plus.

Le lendemain soir Giulio lui apporta une enveloppe, Alberto lui avait écrit une lettre en italien, une sorte de poème. Tous les mots étaient liés les uns aux autres sans espace ni ponctuation. Elle eût beaucoup de mal à tout déchiffrer, et la lenteur ajoutée à la difficulté avait rendu sa découverte plus troublante encore.

Avait-elle bien traduit le texte ? Était-ce cela qu'il fallait qu'elle lise ? L'essentiel n'était pas là, qu'importe que certains détails lui aient échappés – même dans sa propre langue certaines fois lorsqu'on nous parle ou nous écrit, on ne comprend pas toujours ce qu'on est censé comprendre – elle pourra peut-être plus tard y trouver une nouvelle traduction, certains mots auront tout d'un coup une autre signification. Alberto lui avait fait un merveilleux cadeau en écrivant son texte ainsi, le plus beau qui soit, car il ne lui avait pas écrit une lettre mais plusieurs à la fois.

Le premier soir de leur rencontre elle avait senti qu'il avait entendu parler d'elle, de la française qui était venue dessiner, seule, qui lorsqu'elle ne souriait pas semblait étrangère à tout.

Elle avait compris, en posant son premier regard sur lui, que c'était justement cela qu'il était venu chercher.

Il fumait, la main gauche appuyée sur la hanche et balançait de temps en temps sa tête d'un coup sec, sur le côté, comme font ceux qui aiment être gênés par leurs cheveux. Les siens étaient blonds, très blonds, décolorés par le soleil, le vent et la mer, ondulés jusqu'à la nuque, emmêlés de toutes parts. Ses yeux étaient d'un marron si clair qu'on pouvait les deviner jaunes. Très grand, il se tenait magnifiquement droit mais le détail qui frappa le plus Stella fut l'absence de chaussures, il était pieds nus, et semblait aimer cela, ne jamais en porter.

Il l'aborda en s'excusant d'avoir un peu tardé à venir vers elle, lui expliqua qu'il avait eu besoin de la voir telle qu'on la lui avait décrite, mélancolique, d'une surprenante absence régulière, attendant que le vent se lève et qu'une bourrasque ne l'oblige à prendre le bras de celui qui le lui tendrait.

Elle lui raconta tout ou presque, elle lui dit tout de ce qu'il devait savoir. Elle lui parla très vite de sa sœur, lui livrant brutalement tous les impudiques détails. Stella lui confia même ce qu'elle n'avait jamais dit à personne, qu'elle se sentait coupable, elle, l'ainée. Elle se sentait coupable de ne pas avoir compris, de ne pas avoir senti que cela était possible. Que sa sœur puisse faire le choix de mourir vite comme si elle l'avait décidé depuis longtemps. Elle ne lui dit rien à propos de son père.

Sur cette île, elle n'était qu'une sœur.

Lorsqu'elle cessa de parler, elle le regarda très inquiète, soudain consciente qu'elle n'avait su se présenter à lui qu'écrasante de tristesse. Elle s'attendait à un rejet.

Il lui murmura en la prenant dans ses bras :

Parfois des pires choses peuvent naitre certaines beautés.

Tout du long du chemin, elle laissa son casque pendre à son bras, elle avait besoin de sentir la caresse brutale du vent du soir dans ses cheveux. Elle n'enroula pas ses bras autour de sa taille, c'est lui, qui, sans se retourner, chercha ses mains pour les ramener près de lui.

Parfois le lit est trop loin, il est inutile d'aller le chercher, pourquoi rajouter une distance. Lorsque la porte fut fermée, Alberto l'entraina par terre, sur le carrelage frais du salon. Il fallait sans doute une terre solide pour les accueillir ensemble cette nuit-là. Une étendue sans bordure pour qu'ils puissent se répandre de tout leur corps. Ils flottaient sous leur désir. Aériens. Souterrains. Il voulait le sol pour s'enfouir. L'équilibre du sol. Le vertige de la profondeur. Elle le voulait loin en elle, il s'enfonça pour ne plus bouger. Il n'y eut plus un geste. Il était là profondément en elle, là où personne d'autre n'était allé. Il était là où il avait eu toujours envie d'être. Tout au fond. Tout au fond d'elle. Dans le caverneux de son être. Il n'y eut plus un mot. Ils jouissaient en tremblant, sans bouger, sur les larges carreaux de ciment.

Le bonheur d'une vie est souvent qu'un été. Un été clair et ardent. Un été si chaud qu'il absorbe toutes les couleurs pour ne laisser que des empreintes de sueur.

Elle vivait l'éblouissement ingénu du bonheur.

L'après-midi, elle pouvait rester des heures entières assise près de lui, à le regarder bouger. Il gérait seul une location de bateaux. Elle esquissait, alors, par traits légers tout ce qu'elle avait aimé de lui. Ses mains sur les hanches, son profil de lion, ses jambes de filles, ses pieds nus de chats, son dos droit, ses épaules tenues. Parfois ses croquis se transformaient en dessins plus étendus sans doute portés par la douceur sauvage des reflets du soleil sur ses crayons. Elle adorait le regarder recoudre les voiles les jambes noyées sous la toile. Seul son buste restait visible et semblait être devenu un phare posé sur un large banc de sable mou.

Lorsqu'elle ne passait pas l'après-midi près de lui, Alberto se sentait perdu. Il était devenu ses bras, et elle ses jambes. Ils se confondaient l'un dans l'autre, l'un et l'autre, tenus par ce désir si fort de ne faire qu'un. Ils préféraient se déplacer ensemble, ce mouvement commun les rassurait comme pour donner un sens à tout ce qu'ils faisaient.

Chavirante félicité à chaque baiser donné. Ce qu'elle aimait par-dessus tout étaient les quelques secondes qui les tenaient encore éloignés l'un de l'autre juste avant qu'ils s'embrassent.

Et tout d'un coup sa bouche s'échouant sur la sienne.

Leurs yeux se fermaient et s'ouvraient pour se fondre en un seul regard. Leurs langues tièdes se caressaient, se léchaient dans un parfum qu'ils avaient ensemble inventé. Leurs mains disparaissaient dans leurs cheveux alors que leurs bouches se noyaient, se noyaient lentement. Leurs têtes tournaient, tout était rond. Ils s'embrassaient et se noyaient, tout finissait et tout recommençait encore.

Déifié par tous, Alberto l'était. Il avait baisé toutes les filles nées ici, et avait dû s'attacher à laisser à toutes les touristes, venues du monde entier, un souvenir inoubliable de leur passage sur l'île. Stella le savait, cela n'avait pas importance car il ne lui parlait jamais d'aucune. La plupart des hommes qui avaient su lui plaire avaient toujours été ceux qui avaient su se taire, ou du moins qui n'avaient jamais éprouvé le besoin de disserter sur leurs conquêtes et encore moins sur leurs regrets. Alberto ne lui avait posé aucune question sur son passé, qu'importe qu'elle eût connu beaucoup d'hommes avant lui, puisqu'elle n'en avait aimé aucun.

Elle vivait de sourires béats, d'élans insouciants, de joies naïves qui peuvent paraître niaises pour ceux qui ne les partagent pas.

Il existait une tendresse. Alberto ne cherchait jamais à paraître ce qu'il n'était pas, sa spontanéité n'avait aucune retenue. Lorsque parfois Stella arrivait en retard, il l'attendait debout, au bord du chemin, les mains sur les hanches, le regard loin, guettant la moindre présence de vie qui pouvait annoncer la sienne. Elle n'était pas encore là, mais il la regardait déjà.

La plus belle chose de l'amour, disait-il parfois, est de pouvoir exprimer son besoin.

Il aurait pu faire semblant de jouer à celui qui a d'autres choses à faire, de bien plus important, jamais, l'idée même ne lui traversait l'esprit. Un jour de vent et d'orage, il s'était tenu debout face à la fenêtre. Au dernier virage elle le vit, elle vit sa tête blonde derrière la vitre, inquiète, attentive, patiente, et sage et elle fut tellement émue par cette image, qu'elle se jeta sur lui en arrivant, embrassant tout de son visage. Ils vivaient un attachement partagé dans toute sa plénitude.

Il lui disait, *ti voglio bene.*

Elle lui disait, *moi aussi je te veux du bien.*

Lorsqu'il se réveillait le matin, son premier geste était de la serrer contre lui. Parfois dans la nuit ils se séparaient à la recherche d'un peu de fraicheur dans les draps.

Il la gardait ainsi quelques instants, lui caressait les seins, embrassait ses cheveux, qu'il humait comme un drogué sniffant sa dose, puis se levait pour se diriger vers la cuisine. Il faisait chauffer l'eau pour le thé, préparait des tartines qu'il nappait de confiture de figues et transportait le plateau garni jusqu'à la petite table en bois de la terrasse, baignée par le soleil si doux du matin, le seul avec lequel il était agréable de partager un repas tant celui de midi était étourdissant.

Les yeux fermés, elle adorait écouter tous les bruits du cérémonial, le tintement de la vaisselle, les pas nus, si légers, qui se promenaient sur le carrelage.

Puis comblé par tout ce qu'il avait fait, il se glissait de nouveau dans le lit, elle se retournait alors, faisant semblant de se réveiller à peine. A sa façon de bouger, il sentait qu'elle avait envie. Sans trop attendre, il se glissait en elle et ils faisaient l'amour en se disant des mots tendres.

Un soir, Alberto lui dit qu'il avait envie de lui faire l'amour sur la surface de la mer éclairée par la lune. Pour lui, il n'existait pas au monde de lieu plus sensible que celui-ci.

A bord d'une petite barque, il l'amena là où la mer scintillait le plus, sous les doux rayons de la lune lumineuse et pleine. Il voulait la voir entièrement nue sur la mer. Il voulait voir toute l'étendue de son corps se répandre sur la surface entière de la mer. Sa peau infinie. Leurs peaux infinies. Il voulait que rien ne vienne la couvrir. Aucun tissu, aucun décor. Sentir l'immensité de sa nudité première. Celle avec laquelle elle était née. Sentir le danger de l'eau sous leurs corps enlacés. La regarder écarter grand les jambes devant lui et la lune. Il voulait le creux des vagues et tous les creux de son corps. Il cherchait l'abysse. Elle était l'abysse.

Alberto était la mer.

Son frère Giulio, la terre. Dix-huit mois les séparaient, et même si Alberto était celui que sa mère n'avait pas souhaité, il restait son préféré. Sans doute pour les mêmes raisons son père ne lui avait jamais témoigné qu'indifférence et mépris.

Giulio réussissait là où Alberto échouait ou plutôt parce qu'Alberto échouait, pensait souvent Stella.

Qu'importe les ambitions ou les passions, l'enfance décide de tout disait souvent le père. Giulio savait, depuis tout petit, qu'être son préféré serait pour lui le fardeau de toute une vie.

Lorsqu'Alberto partait naviguer, seul, de longues heures ou lorsqu'il buvait un peu trop, Stella en comprenait la raison. Elle savait, au plus profond d'elle- même, ce que signifiait ne pas être celui ou celle qu'un père espérait. C'était cela, cette face cachée qu'elle avait aimée dès les premiers instants. Elle avait eu envie de bercer son enfance et ses blessures jusqu'à, en être, elle-même, délivrée. Elle aussi cachait des tourments. Elle ne lui avait parlé que de sa sœur, jamais de son père, ni du voyage en train qui, un jour, les avait réunis, tous les trois. Ce petit voyage qui avait scellé tragiquement le destin de chacun et qui avait d'elle ce qu'elle était maintenant.

Sur cette île, elle n'était la fille de personne même si son père était né ici. Elle affirma, même, n'avoir aucun autre ancêtre, aucun autre parent puisqu'il était mort alors qu'elle n'était qu'une enfant et qu'elle revendiquait n'être née que de lui. Elle pouvait enfin comprendre d'où il venait. Comme Alberto, il était de cette terre où un feu profond ne cessera jamais d'en bruler les veines. Pour tous les natifs de Pantelleria, seule la fatalité définissait la vie, la seule certitude, en elle, était la mort. Les habitants de la région l'avaient même surnommée : La Certa.

Alberto aurait pu depuis longtemps quitter l'île, il était resté jusqu'ici.

Un soir, alors qu'il la tenait dans ses bras, tous deux allongés nus dans le lit, il lui dit :

« Nous ne pouvons pas rester ici cet hiver. Cela fait trois mois que tu vis ici, tu ne connais pas encore ces journées tristes où il ne se passe plus rien. Certains bateaux, à la fin de l'été, repartent vers les caraïbes où leurs propriétaires les attendent pour la saison d'hiver. Presque tous les ans, nous partons à deux, un marin et moi. Nous restons quelques semaines là où bon nous semble. L'an dernier, celui qui m'accompagnait n'est pas revenu, personne ne sait où il se trouve aujourd'hui. Giulio peut m'accompagner cette fois-ci. Tu pourrais prendre un billet d'avion et nous rejoindre. Cette année le bateau que je dois conduire retourne vers les îles du vent, à Sainte Lucie. Le plus important est qu'on se retrouve sur une autre île où nous pourront continuer de nous aimer. »

L'éblouissement ingénu du bonheur.
La lumière pâle des adieux.

Alberto lui avait écrit plusieurs lettres aussi merveilleusement compliquées que la première pour ne pas qu'elle s'ennuie.
Il ne s'agissait que de quelques jours.
Le bateau disparût au milieu de l'océan, rien, personne ne fut retrouvé. Sous un temps lumineux et clair, le bateau n'arriva jamais à destination.
Des recherches furent entreprises, sans succès, les deux marins restaient portés disparus. Disparus au milieu de nulle part. Disparus de la surface de la terre. Alberto

n'était pas mort, il s'était effacé de la surface de la mer.

Plus un mot, plus un murmure, plus un souffle n'exprimait sa présence. Il ne restait plus que la soumission à la nudité du silence.
Se soumettre à la solitude et au silence. S'y soumettre et l'accepter.
Il faut savoir accepter le vide, faire du rien un tout, le considérer comme un état véritable et juste. Le rien a du sens et il exerçait en elle son pouvoir d'équilibre.
C'est parce qu'elle n'avait plus rien, qu'elle n'était plus rien qu'une fille oubliée sur une île désertée par tous, qu'elle ne savait jamais si elle dormait la nuit ou le jour, c'est parce qu'elle ne voyait pas ceux qu'elle croisait parfois sur la route, qu'elle n'entendait pas ce qu'ils disaient, qu'elle ne se souvenait jamais du temps qu'il avait fait la veille, c'est parce que tout ce rien existait, qu'elle avait rompu

tous les liens de l'autre et de la chose, qu'elle restait en équilibre.

Sa solitude était son repos. Il fallait juste qu'elle se repose un peu.

Alors tous les jours elle s'asseyait au bord du rivage, seule et immobile sur un rocher, attendant qu'une vague, qu'un cri d'oiseau, qu'une vérité s'impose à elle. Elle se laissait bercer par le ballet de la mer et des airs. La somnolence dans laquelle elle disparaissait chaque jour ne lui permettait de comprendre qu'une chose : une journée commençait puis s'achevait. C'est tout ce qu'elle savait. De chaque journée elle ne gardait aucun souvenir. Durant de longues semaines il n'y eut plus qu'elle et le silence, et la transparence de la lumière crue. Et puis un jour, au bout de ces semaines mortes, lorsque le soir s'invite encore l'après-midi, quelque chose survint.

Ce n'est pas la mer qui s'adressa à elle mais le ciel. Il se teinta de rose, d'un rose immense, vif et clair, dense et sucré, tendre et léger. Un rose qui n'appartient qu'à l'hiver, le rose de dix-sept heures, le miracle des longues nuits froides et humides. Toute la surface de la mer prit la même teinte, l'eau, le ciel et les collines, toute l'immensité silencieuse qui l'entourait frissonna de couleur.

Le signe qu'elle attendait ne fut qu'un frisson. Un long frisson de couleur qui l'accompagna jusqu'au printemps, jusqu'à ce jour où elle courut jusqu'à la mer pour s'y jeter, et nager, et nager encore et nager encore plus loin.

Son frisson se transforma en envie, en une furieuse envie de la mer.

Ce jour- là, quittant enfin son rocher, elle s'élança dans les vagues comme on se jette dans les bras de celui dont on est sûr qu'il nous retiendra. Elle nagea vite, bruyamment, jeta sa tête de gauche à droite, comme si elle recevait, à chaque fois, une gifle. Elle écartait grand les bras et les jambes, ramenait l'eau à elle dans une étreinte passionnée, se laissait glisser sur le ventre, se collait contre l'eau pour en épouser tous les remous, frappait du plat de ses mains toutes les vaguelettes qui lui semblaient menaçantes. Lorsqu'elle comprit qu'elle ne se battait qu'avec elle-même, elle ne bougea plus du tout.

Elle resta, un moment, droite dans l'eau, droite comme un stylo qui ne sait pas quoi écrire et puis en regardant loin devant elle, aussi loin que lui permettait l'horizon, elle prit une immense inspiration et se cambra d'un coup sec. La puissance de son mouvement l'avait dressée tête en bas, le corps aligné. Par de grands battements de jambes elle descendit plus bas, et plus bas encore. Elle voulait sentir le battement, de plus en plus lent, de son cœur. Elle voulait voir le bleu-noir de l'eau profonde. Elle descendit encore un peu plus bas jusqu'à ce que la brulure de ne plus pouvoir respirer devint si vive, qu'elle se redressa. Les bras silencieux le long du corps, seuls de brefs battements de jambes furent nécessaires pour l'aider à regagner la surface, elle était d'une incroyable légèreté.

Lorsque son visage s'offrit à l'air, sa bouche s'ouvrit grand, comme lorsqu'un cri doit surgir. Ce ne fut pas un cri qu'on entendit mais un bruit de stupeur qui aspira tout vers l'intérieur.

Elle reprit son souffle férocement. De l'eau lui sortait des narines, le sel brulait ses yeux, les sensations n'étaient qu'inconfort mais elles étaient les premières depuis longtemps. Ce n'était pas un bruit qui l'avait ramené à elle mais le silence.

Murmure de l'eau. Phrasé d'air des sirènes.

Elle savait que cela serait sous l'eau qu'elle partirait à la rencontre de ses souvenirs, là où il n'existe aucune frontière, où tout se confond, le passé, le présent, le futur, là où le temps n'a aucune importance, là où la réalité est liquide et infinie.

Au fil des jours son aisance s'affirma : laisser ses bras le long du corps, ne plus bouger, se laisser tomber, se sentir aspirer, devenir légère et libre comme volant dans les airs. Une assurance inconnue jusqu'ici s'imposa à elle, elle maîtrisait son corps et son esprit dans son entier, tout lui appartenait de nouveau, à elle et rien qu'à elle.

Il n'y a que sous l'eau qu'elle était un tout. Le rien avait disparu.

Plus elle nageait dans le silence plus elle existait.

Chaque remontée à la surface était une naissance.

Plonger et naître. Et naître encore une fois.

Elle était morte femme sur son rocher, elle était revenue à elle, sirène. Elle pouvait maintenant quitter l'île.

4

Langue vivante

Elle avait retrouvé la ville qu'il l'avait vu naître et qu'elle connaissait bien. Paris, sublime et généreuse, qui accueillait le monde entier, ouverte à toutes les vérités. L'arrogance de cette ville, tant reprochée, lui avait souvent permis de transcender, avec joie et bonté, son cynisme ordinaire, pour s'étendre au-delà des murs de sa cathédrale, plus forte et spirituelle encore.

Trois cierges.
Stella alluma trois petites bougies rouges qu'elle plaça l'une à côté de l'autre, le plus haut, sur le présentoir. Cet ensemble lumineux lui plaisait mais elle regrettait l'absence des cierges de son enfance qui laissaient de

longues coulées de cire qu'elle aimait décoller de ses doigts.

Elle ne savait pas si elle croyait en Dieu ou pas. Elle était parfois sûre que non mais trouvait réconfortant qu'il puisse exister un *ailleurs* avec lequel elle pouvait communiquer juste en allumant quelques flammes.

Près des bougies se trouvait une petite corbeille où tous les malheureux de la terre pouvaient écrire et laisser une prière, qui serait lue un peu plus tard, dans cette chapelle, boulevard de Clichy, à deux pas et quelques soupirs de la place Pigalle.

Elle y laissa un petit papier plié en quatre où elle avait écrit :

Où est-il ?

La chapelle Sainte Rita, sainte des causes désespérées, du dernier recours, celle qu'on venait prier après avoir sollicité en vain tous les autres saints, était située à côté d'un café, entre un sexe shop et un magasin de lingerie. Nul ne savait si ces emplacements pouvaient avoir un quelconque rapport. Stella aimait la modernité des lieux, dépouillés de toutes décorations religieuses excessives et culpabilisantes. La lumière y était douce et claire comme ses idées lorsqu'elle en sortait.

Stella avait envie de marcher un peu ce jour-là, elle n'avait plus froid. Elle pensait poursuivre le long du boulevard en direction de Blanche, peut- être irait- elle-même un peu plus loin cette fois-ci.

L'effervescence du quartier lui restait étrangère, tout autour d'elle n'étaient que passants muets, véhicules volants, klaxons sourds et fuyants. De longs mois s'étaient écoulés depuis son retour. Et elle déambulait souvent ainsi, le regard absent, l'esprit engourdi, ne sachant plus quel chemin prendre. Il lui semblait qu'elle pourrait parcourir mille lieues sans que jamais rien ne change. Son seul souci était de garder son dos droit. Elle marchait à s'étourdir mais s'appliquait à maintenir droit les muscles profonds de son corps. Joues creuses, cernes sévères, yeux scintillants de fièvre, plus elle éprouvait son corps plus elle le sentait fort. Elle aimait battre le sol de ses pieds, frapper les trottoirs de la ville. Marcher était sa hâte, sa hargne, son combat dans les rues.

Garder toujours le dos droit même lorsqu'on ne sait pas où on va.

Elle remonta la rue des Martyrs pour flâner de longues minutes devant les boutiques. Elle fut tentée de rentrer dans l'une d'entre elles mais ne savait pas très bien de quoi elle avait envie. Il lui fallait aussi redescendre jusqu'au pressing, elle devait récupérer ses draps. Lorsqu'elle entra un homme se trouvait déjà là. Il manipulait un grand sac en plastique d'où il sortait des vestes et des chemises. Elle ne voyait que son dos et ce n'est que lorsqu'il cessa de bouger qu'il lui apparut véritablement. Comme un moule de terre cuite brisé, l'objet venait d'apparaitre. La position immobile qu'il tenait lui donnait du relief. Son buste long semblait de bronze. Invulnérable, intemporel.

Le tronc de l'homme primaire.

Il la sentit derrière lui et se retourna comme s'il venait d'obéir à un ordre. Elle aima ses yeux bleus sombres de lagune. Un seul regard échangé et il était déjà dehors. Elle s'approcha alors de la vitre, suspendue au prochain mouvement qu'il ferait. Il venait de grimper sur une moto, les gestes encore en équilibre.

Il la dévisageait étrangement comme s'il cherchait la bonne réponse à donner à une demande faite qu'à lui- même. En un autre regard elle sentit l'inclinaison nouvelle.

Il lui sourit, ouvrit la bouche lentement, sortit un bout de sa langue, ouvrit la bouche plus grand, pour sortir sa langue complétement.

Il ferma les yeux, glissa son visage de bas en haut, il mimait qu'il la léchait. Des petits mouvements doux et sensuels portés par une grâce infinie. Puis tout doucement il ravala sa langue en ouvrant les yeux, enfila son casque, déjà prêt à s'envoler vers d'autres cieux.

Stella ne disait rien, ne faisait rien, ne répondait pas à la femme derrière le comptoir qui l'appelait. Elle ne savait pas si elle devait s'amuser ou s'offusquer de ce geste. L'audace avait suffi.

Elle sentit son cœur battre puis battre un peu plus fort. Son ventre se contracta accompagné d'une longue expiration. Un souffle d'air intérieur la réveilla d'entre les morts. Son désir venait d'être ressuscité par cette langue. Langue vivante bénie des Dieux. Cette langue vivante et cicatrisante descendue du ciel pour lécher les creux de son âme et de ses blessures.

Toutes les cellules sensorielles de son corps s'étaient reconnectées entre elles. Cependant, et pour quelques temps encore, elle se priverait du corps des autres pour mieux stimuler sa créativité. Car l'envie de dessiner, elle aussi, était revenue.

Lors d'un séjour à Madrid, une révélation avait nourri autrement son travail. Parmi la très belle collection d'œuvres modernes et contemporaines que possédait le musée de la Reine Sophie, Stella découvrit une toile de Sonia Delaunay intitulé : *La Prose Du Transsibérien Et De La Petite Jehanne De France.* Cette œuvre illustrait un texte de Blaise Cendrars. De longues minutes l'avaient retenue devant le tableau. Son regard avait glissé le long des mots puis comme par magie, les couleurs l'avaient captivée à leurs tours.

Qu'un jeune poète ait pu demander à une artiste d'inventer un livre exprimant l'idée même du rythme des mots l'avait fasciné plus que tout. Elle avait, lors de rares tentatives, essayé de s'exprimer ainsi, cela n'avait malheureusement séduit personne.

Pourtant il lui restait l'envie de poursuivre.

Et en osant un peu la couleur pour la première fois de sa vie.

Elle voulait mettre en scène des phrases extraites d'un roman, d'une chanson ou de tout autre texte. Cela ne devait en aucune façon être une citation car elle considérait cette dernière comme représentative d'une idée alors qu'elle attendait, que naissent de ces mots, une simple émotion. L'émotion pouvait donner la possibilité à la couleur d'intervenir, l'idée non.

Stella mettrait la phrase en image par des traits et de la couleur et par un jeu de ricochets, le portrait, la phrase et le dessin deviendrait une œuvre unique.

Une phrase, parmi celles qu'elle avait choisies, avait sa préférence, elle appartenait à un roman de Philip Roth :

Tu aimes toujours les femmes blessées ?
J'ignorais qu'il en existait d'autres.

Elle craignait de se répéter et d'illustrer ses dessins toujours de la même façon. Il était important pour elle d'enrichir son style. Cela lui demanderait rigueur et concentration et elle aimait déjà l'effort que cela lui demanderait. Elle avait envie de musicalité, elle imaginait répétition et superposition, un double mouvement d'ascension et de chute, toutes ces lignes se mélangeant entre elles. Les mots et les couleurs se répondraient comme ils l'avaient toujours fait, dans son esprit, depuis qu'elle était née. Ce travail la distanciait d'elle-même et lui permettait de ne plus penser qu'à cela, elle redevint ainsi encore plus libre d'elle-même. Toutes les couleurs primaires étaient revenues.

5
Le désordre et la nuit

2h30 du matin.

L'heure où certains finissent leurs nuits et d'autres parfois, leur vie. C'est à cette heure qu'on lui avait annoncé la mort de son père, de sa sœur et la disparition d'Alberto.

L'insomnie la tenait éveillée deux, trois, ou quatre heures parfois. Elle cherchait alors son sommeil comme on cherche un refuge lorsque le ciel se met à gronder. Ne voulant pas céder aux habituelles tentations, se lever, lire, ou encore prendre un quelconque cachet, elle restait allongée dans l'obscurité. Au cœur de la nuit et du silence, une vague d'angoisse et chagrin envahissait alors, son esprit. Elle pensait à sa sœur et aux dernières minutes de sa vie. Elle essayait de comprendre, de sentir ce qu'avait pu être sa lutte pour conserver un reste d'espoir.

Stella se souvenait qu'elle avait quitté l'appartement quelques instants, qu'elle avait pris les escaliers.

Ou avait-elle voulu aller ?

A quoi avait-elle pensé durant ces longues minutes ?

Pourquoi était-elle remontée ?

Avait-elle frappé à une porte qui était restée fermée ?

Pourquoi, une fois revenue, avait-elle ouvert si vite la fenêtre ?

Si vite.

Qu'avait-elle ressenti durant sa chute ?

En avait-elle eu seulement le temps…

S'était-elle dit : *Non, je ne veux plus …*

Le temps n'avait pas soulagé sa peine, ni effacé le sentiment coupable qui la tenait encore. Elle restait prisonnière de son passé et des crimes qu'elle pensait avoir commis.

Parfois Stella se mettait, alors, à pleurer. Elle se mettait à pleurer comme si on venait, à l'instant, de lui annoncer la plus redoutée des nouvelles.

Sa sœur s'était envolée vers le vide. Une étincelle.

Elle a brillé dans le ciel de la nuit.

Une étincelle et puis plus rien.

A quoi sert la nuit ? A attendre. Attendre un lendemain pour que quelqu'un revienne. Mais l'autre n'était plus personne.

Cette nuit-là, elle ne savait pas si c'était un rêve ou un cauchemar qui l'avait réveillée, elle souhaitait juste se rendormir au plus tôt.

La solitude des nuits.

La solitude des jours.

Les corps, les odeurs, les couleurs l'entouraient bruyamment dans les villes, délicatement dans les campagnes, paresseusement le long des mers. Ses semblables lui apparaissaient si souvent débordants d'activités, d'obligations, de conversations. Elle aimait parfois en écouter certaines. Celles qui sont impossible à éviter tant elles s'expriment bruyamment. Rares sont les murmures. Tout ce qui est dit doit être entendu, repris, répandu. La moindre confidence se transforme en aveu. Elle savait qu'il était inutile de chercher à tout prix à être compris, le jugement écrase l'empathie avant même que la parole s'achève. Stella parlait rarement d'elle. Elle souffrait d'un syndrome qui la retranchait dans un mutisme sélectif ne pouvant s'ouvrir qu'aux personnes autour desquelles elle se sentait à l'aise. Un syndrome qui l'empêchait de développer un attachement comme on pouvait l'attendre. Parfois elle définissait son esprit simplement engourdi, disposé à ne reproduire sans cesse que ce qu'il connaissait déjà.

Une routine sensuelle rassurante, dénuée de tous risques de mauvaises rencontres. Elle ne s'attacherait à personne, ne garderait aucun homme dans sa vie, mais à tous leur resterait fidèle, puisqu'elle n'oublierait personne.

Se souvenir serait sa seule fidélité, sa seule façon d'aimer.

Stella n'était pas une femme fatale, pour personne, et lorsqu'on l'imaginerait fatale, elle ne pourrait l'être que pour elle- même.

Elle se leva pour ouvrir la porte–fenêtre qui donnait sur une minuscule terrasse, un petit bout d'ailleurs. L'air était doux, un peu humide, on devinait le ciel chargé de nuages. Des pots en terre cuite étaient alignés le long du muret. Il n'y avait plus de fleurs, ni même de feuilles, seulement de la terre sèche qui s'appauvrissait, faute d'engrais. Elle ne s'en occupait plus, n'avait jamais cherché à leur redonner vie depuis son retour de Pantelleria. Un petit arbre faisait le fier parmi les pots déserts : un olivier qui lui arrivait à la taille. Il grandissait lentement. Il pouvait vivre ainsi à l'état spontané, sans recevoir de soins ni d'attentions, et résistait mois après mois aux rigueurs de l'hiver et à l'air sec de l'été. Elle ne s'occupait pas de lui et il s'épanouissait sans elle. C'est la seule chose à laquelle elle pensa en se glissant de nouveau dans son lit.

Lorsqu'elle ferma les yeux, le sourire d'Alberto apparut. Un sourire d'enfant avec de petites dents très blanches. Il levait la main en lui disant qu'ils se reverraient bientôt. Le bateau tanguait, elle pouvait sentir les mouvements de l'eau. Le rythme régulier des vagues l'entraina alors dans le sommeil comme l'auraient fait les paroles d'une berceuse.

Aujourd'hui, je me souviens de tes mains

De ton sourire, de tes yeux

Ils étaient comme deux éclairs

Ce sont maintenant deux ciels brisés

Nos caresses sont de marbre

Quand je veux te prendre dans mes bras

Nos baisers sont de soufre

Le soufre des pierres et du vent

Dors, dors, dors dans mes bras, et rêve

Dors, dors, dors dans mes bras, et vole

6
A bord de l'Orita

Un 1er novembre.

Stella n'allait jamais au cimetière, elle préférait plonger dans la mer. Dès qu'elle le pouvait, dès que ses dessins lui rapportaient un peu d'argent, elle partait à la découverte d'autres îles, car insulaire elle le restait au plus profond d'elle- même. Elle le fit, elle aussi, un jour, ce voyage : traverser l'océan.

« Je me suis souvent demandé ce que je devais faire du restant de ma vie et maintenant je le sais – j'essaierai d'arriver à Cuba. »
Ernest Hemingway.

La longue procession se déroulait religieusement, comme il se doit, jusqu'au passage de la douane. L'éternité n'indiquait pas le point ultime rêvé mais la durée assommante que cela prenait. Plusieurs avions avaient atterri en quelques minutes et l'aéroport de Varadero n'était toujours pas équipé pour accueillir autant de touristes en même temps.

Des écrans de télévision étaient installés tout au long du parcours souhaitant la bienvenue aux touristes négligemment déjà vêtus de shorts et d'affreuses chemisettes à fleurs. Un documentaire muet, illustrant tous les trésors que possédait l'île, était diffusé en boucle. Fidel, dans sa tenue militaire, apparaissait par moment et Stella se dit qu'il faisait sans doute lui aussi partie des curiosités de l'ile autant qu'il pouvait en vanter les mérites. Entre la plongée sous-marine et la fabrication des cigares, le film insistait sur le charme et la beauté des filles, on pouvait les voir danser, soulever leurs robes, rire aux éclats, leurs seins en gros plan. Stella en conclut que Castro avait dû être un des proxénètes de l'île.

Par une journée pluvieuse, elle avait décidé de s'envoler vers Cuba. Elle avait pris en un instant son billet et réservé un hôtel ordinairement confortable sur la côte touristique de Varadero pour pouvoir nager autant qu'elle le voulait.
Elle ne souhaitait y rester qu'une semaine, le temps de se reposer un peu, avant de partir à la découverte de La Havane et du reste de l'île.

Cuba. La brutalité de sa splendeur l'avait depuis toujours troublée. Il n'y a pas de plus beaux paysages au monde que ceux de cette région. Les cyclones ravagent et redessinent les côtes comme le ferait un sculpteur ivre d'inspiration.

Elle en aimait toute la poésie et se souvenait qu'un jour, il n'y a pas si longtemps, un de ses amants lui avait dit :

Tu es une île de lumières tourmentée par des vents contraires.

Le lendemain de son arrivée, Stella avait pris ses principaux repères. Sa peau mate hésitait encore entre l'ambre et le brun cuivré, et elle était déjà parfaitement au courant de la vie des barmen.

Le plus grand d'une gentillesse incroyable, était bavard, drôle, vif et maigre. Il était aussi l'homme le plus savant en géographie qu'elle avait pu rencontrer, il n'avait jamais voyagé mais savait où étaient situées les villes les plus improbables. Il savait même où se trouvaient Limoges et Roubaix. Le plus petit, blond aux yeux bleus, était d'une beauté insolente. Il était tombé amoureux d'une touriste, une

Suédoise, une superbe métisse, qui revenait le voir aussi souvent qu'elle le pouvait. Il était moins bon en géographie et rêvait de l'épouser. Le plus âgé, le plus sage et le plus discret, se recoiffait tout le temps avec un petit peigne en écaille qu'il gardait rangé dans son étui en cuir. Stella se souvenait que son père en avait possédé un de semblable.

Afin d'être agréable envers les touristes les plus fâchés avec les langues étrangères, la direction de l'hôtel avait engagé un Français, qui parlait huit langues, il s'appelait Marin. Peau mate, cheveux forts, regard calme, bouche tendre, mains délicates.

Il avait le même âge que Stella et avait rougi la première fois qu'elle avait posé son regard sur lui.

En lui servant le premier verre de midi, il s'était présenté, lui avait demandé combien de jours elle restait à l'hôtel et si elle comptait visiter Cuba. Elle aimait ses questions, il aima ses réponses, et lui fit promettre de profiter pleinement de sa première soirée malgré la fatigue du voyage et les effets du décalage horaire.

Le soir venu, lorsqu'elle s'installa au comptoir, la nonchalance venait d'envelopper chacun, aussi enivré par la musique, son énergie et sa langueur que par le rhum et l'alchimie merveilleuse de ses cocktails. La flamboyance des bars lui avait manqué.

Un petit sourire aux lèvres Stella sympathisait à sa façon, elle n'abordait jamais personne. Elle se contentait de répondre aux questions qu'on lui posait. Rien ne venait troubler sa sérénité. Elle aimait sa solitude car elle savait qu'elle ne l'empêchait pas de l'envie de l'autre. Et que l'autre pouvait se trouver n'importe où, là elle voudrait qu'il soit.

Alors qu'elle partait se coucher, épuisée et ravie d'avoir si longtemps veillé, Marin courut pour la rattraper. Il lui prit la main, lui lécha les doigts, puis la bouche en lui disant qu'elle était aussi sucrée que la dernière gorgée d'un dernier verre.

Le lendemain, il lui dit : *As-tu envie de sortir danser dans un bar tout près d'ici ?* Elle lui répondit : *Donne-moi une feuille et un crayon...*
Elle imagina un prélude en poème et des mots ayant pour première lettre celle de son prénom, *m* :

A mezza voce j'aimerais te confier mes secrets,

Je pense à toi,

A tes lèvres myrtilles,

Au merveilleux de tes yeux

Couleur mousse des bois,

A tes mains majestueuses

A mon marin qui me manque

Parti pour la seule île au monde

Qui porte le nom d'une femme.

J'aimerais connaitre ton odeur

Le marbre de ta peau

Le manteau de ton corps sur le mien

La moiteur de ton souffle

Te mordre, te donner des baisers de morphine.

Et pour un moment,

Partir dans un autre monde

Ou celui qu'on connait.

Alangui par sa lecture, il plia la feuille de papier pour la glisser dans la poche arrière de son pantalon, et lui dit :

Personne ne m'a jamais répondu aussi longuement : oui.

Lorsqu'elle arriva à la réception, à l'heure au rendez-vous, Marin était déjà là. La nuit n'était plus noire, on voyait la lune.

Les portes d'entrée de l'hôtel étaient grandes ouvertes, il se tenait sur le perron, fumant une cigarette, qu'il écrasa du pied dès qu'il la vit. Un taxi les attendait.

Stella s'installa à l'arrière de la voiture, Marin à côté du chauffeur. Il le connaissait bien et ne voulait pas lui donner l'impression qu'il était à son service. Il se retourna souvent en souriant, il lui demandait si elle n'avait pas peur. Elle regardait sa nuque et ses épaules, il lui semblait les découvrir pour la première fois. Elle voulait sa bouche. Depuis le premier baiser du premier soir, il n'avait plus rien tenté. En descendant du taxi, elle lui demanda pourquoi. Il lui répondit :

Parce que la prochaine fois je t'embrasserai longtemps...

Le bar était plus grand et plus sombre qu'elle l'avait imaginé. Le toit n'était composé que d'étoiles, un trou béant l'ouvrait au monde. Aucune décoration pouvant le rendre accueillant avait été imaginée. De simples tables et chaises en bois entouraient la piste de danse sur laquelle aucun touriste ne dansait. Les seuls clients étaient cubains. Stella en fut soulagée.

Je vais commander deux Cuba Libre, lui dit Marin, *j'ai envie de parler avec toi.*

Leur verre en plastique à la main, ils découvraient la terrasse du premier étage. Ils pouvaient apercevoir la piste de danse d'un côté et de l'autre, les alentours plongés dans le noir.

Il y a des êtres dont on ne sait pas si la douceur est un nid ou un piège. Chaque mot que Marin prononçait, chaque geste qu'il faisait n'étaient que velours. Velours de l'île soumise aux cyclones. Ile rasée d'un côté et de l'autre, tenue par ceux qui se tiennent enlacés, l'étendue la plus douce qui la couvre. Elle aimait les confidences qu'on fait à ceux qui n'ont pas d'importance, cet abandon soudain.

Il lui avoua qu'il avait quitté la France, quelques semaines après avoir fêté ses dix-huit ans et qu'il comptait ne jamais rentrer. Il lui confia aussi qu'il n'avait jamais connu son père, que sa mère ne lui avait jamais rien dit sur ses origines mais qu'un jour après avoir surpris une conversation il avait compris qu'il devait être cubain, sa mère ayant séjourné ici avant sa naissance.

Elle contemplait sa peau mate, un peu plus mate que la sienne et imaginait un père aussi doux que lui. Marin...pourquoi ce prénom ? Pour qu'il reste tout ou rien du père...et il se trouvait là, à poursuivre tout ce qu'on s'était toujours appliqué à lui cacher.

Stella rencontrait souvent des hommes *orphelins* de père. Ces hommes qui ne savaient pas de *qui* ils venaient. Ces pères inconnus ou mal aimants. Certaines maladresses d'amour peuvent être aussi brutales que les absences d'amour. Elles laissent toujours des plaies ouvertes à ceux qui les ont connues. Stella ne savait pas pourquoi elle attirait autant ces hommes-là, ces fils-là. Sans doute sentaient ils qu'elle avait, elle aussi, beaucoup trop tôt, perdu son père.

Comme elles sont étranges ces conversations nocturnes dont on ne sait pas, au petit matin, si elles ont été réelles, ou si elles n'ont été qu'un murmure ou une plainte dans un rêve.

Qui était mon père ? La solitude, répondit – elle.

C'est ainsi que débuta son récit. La narration de la scène originelle, la faille du commencement. Un cauchemar d'enfance. Un cauchemar vivant. Le souvenir d'un voyage en train qui l'a emporté là où elle pensait ne jamais aller. Mais on ne décide jamais du trajet de son existence.

Très tôt, il fut trop tard.

Il existe des dimanches après-midi, de ceux où les pères continuent de voir leurs enfants avant de les raccompagner chez leurs mères. Le père de Stella continuait de voir ses deux filles en imaginant pour elles une fois par semaine, une promenade.

Il avait décidé, ce jour-là, de les emmener découvrir un grand parc non loin de Paris. Ils devaient pour s'y rendre, prendre le train.

Certains voyages ne nous ramènent qu'à nous-mêmes.

Que s'était-il passé pour que d'un coup, au cours du trajet, son père disparut.

Il s'était levé sans rien dire, Stella et sa sœur ne le voyaient pas revenir. Etouffant d'inquiétude, la petite sœur demanda à la plus grande de partir à sa recherche. Elle n'a pas eu besoin de parcourir tout le train. Il ne s'était éloigné que de quelques mètres. Sans doute n'avait-il pas réussi à se trainer plus loin. Stella le retrouva au début du wagon suivant, assis par terre. Il pleurait.

Le dos courbé, la tête cachée au cœur de ses bras repliés, il pleurait. Ses sanglots déchirants se jetèrent sur elle comme une bête.

Ils déchirèrent son cœur et toutes les certitudes que sa jeunesse lui permettait de connaître. Elle n'avait que douze ans.

Alors donc les hommes pleurent et les pères pleurent aussi. L'infinie détresse de l'entendre et de le voir assis par terre ne lui permit aucun geste. Aucun. Stella ne fit aucun geste vers lui. Elle était paralysée par la peine immense, l'impuissance qui s'était emparées d'elle à la seconde où elle le vit. Et la honte.

Ce n'est pas le chagrin qui l'empêcha d'agir, de s'approcher de lui mais la honte d'avoir honte. Ce sentiment inconnu d'elle.

Il était donc possible qu'une fille ait honte de son père, des larmes de son père. Honte de le voir pleurer assis par terre. Il était donc possible qu'une fille ait honte d'avoir honte du chagrin de son père.

Papa, relève toi, viens avec nous, est la seule chose qu'elle sût dire.

Il secoua la tête, elle crût entendre qu'il voulait mourir.

Son père n'était plus un homme debout et il voulait mourir. Et elle n'avait aucun geste pour lui. Vouloir mourir. Alors donc les hommes veulent parfois mourir et les pères aussi. Mais les pères restent avec leurs filles, ils ne veulent pas mourir. Stella n'avait rien dit de plus que vouloir que son père se relève. Elle voulait un père debout. Droit et debout. Mais il restait assis par terre dans ce train où les personnes qui passaient pouvaient le voir et l'entendre.

Il n'y eut que le cri d'acier du train. Son père n'avait rien dit de plus.

C'est lourd le corps d'un père assis par terre.

C'est lourd un corps qui n'est plus porté par l'amour d'un père. C'est lourd un corps qui tombe.

Son père avait t-il cessé de l'aimer ce jour- là. Elle, elle dit que oui. Que ce fut ce jour-là.

Elle n'avait pas su garder son père. Elle n'avait pas su garder l'amour de son père. Elle n'avait jamais su garder l'amour de personne.

Elle retourna s'assoir près de sa sœur et lui raconta tout de ce qu'elle venait de voir et d'entendre. Elle ne protégea sa petite sœur d'aucun détail qui l'écouta sans rien dire.

Pas un mot, pas un son.

Certains êtres se brisent dans un silence absolu.

C'est lourd un corps qui tombe dans le vide.

Stella se souvenait d'un geste. La petite sœur s'était éloignée d'elle, s'était rapprochée de la fenêtre, s'était collée contre la vitre du train. Elle tentait d'échapper à ce qu'elle venait d'entendre. Elle ne pouvait plus se détacher du verre transparent de lumière.

C'est lourd un corps qui tombe d'une fenêtre.

L'insupportable attente. Son père allait-il revenir ou mourir.

Stella imaginait le lent mouvement du corps entraîné par la brutale ferraille. Quelle fille était-elle pour penser à cela et n'avoir aucun geste ?

Les deux sœurs silencieuses ne quittèrent pas des yeux la porte par laquelle elles souhaitaient voir réapparaître leur père. Ce n'était plus une attente mais le verdict prochain d'une condamnée. Une double peine. N'avoir eu aucun geste pour son père, avoir tout dit à sa petite sœur. N'avoir pas su protéger la plus vulnérable. Voilà de quoi elle se sentait coupable et pensait devoir le rester à perpétuité.

Leur père était revenu silencieux.

Son regard était celui d'un homme qui avait déjà fait son choix.

Il tendit la main et saisit la main de sa petite sœur. Depuis ce jour et jusqu'à la fin, il n'avait plus jamais pris la sienne. De cette promenade elle était revenue sans l'amour de son père.

Elle n'était plus la fille de son père et venait déjà de recevoir son héritage. Elle n'était plus que le chagrin inconsolé de son père.

Elle n'avait pas pu en dire davantage. Elle n'avait pas eu envie d'aller plus loin dans les confidences. Se rappeler ce moment et les raisons qui avaient nourri, quelques années plus tard, la mort de son père, était trop douloureux pour qu'elle fût capable de les expliquer.

Comme il est étrange de livrer un secret à ceux qui ne pourront rien en faire.

Tête baissée, Stella semblait faire pénitence. Son regard triste contemplait le vide de son existence trop tôt amputée du regard affectueux de son père, de cet homme qu'elle n'avait pas eu le temps de comprendre.

Marin la regardait sans rien dire. Il l'avait écoutée sans l'interrompre, sans essayer de retenir le flot de ses paroles qui s'était répandu sur lui comme un torrent. Il s'était laissé entrainer sans essayer de le retenir. Il avait confiance en elle. Confiance en ce qui se dégageait d'elle, une spontanéité affranchie du regard des autres qui lui convenait bien plus qu'il ne pensait.

Il n'y avait plus d'étoiles dans le ciel. Depuis quelques temps déjà, tout le monde dansait. Marin ne l'avait pas embrassée une seule fois depuis qu'ils étaient arrivés. Mais tout en l'écoutant, il lui avait caressé le ventre, juste en dessous du nombril, pas plus haut, ni plus bas. Le mouvement de ses doigts et la pression délicate de sa main dessinait parfois un cercle, ou glissait lentement de gauche à droite pour revenir vers son nombril.

Face à face ou légèrement de côté, leurs bras nus collés l'un contre l'autre, Marin continuait de lui caresser le ventre toujours de cette façon.

- Pourquoi fais-tu cela, finit-elle par demander.

- Pour te soulager dit–il en l'embrassant dans le cou juste en dessous de l'oreille.

Puis d'un geste fort et décidé, il l'entraina vers les escaliers. Quelques secondes plus tard, elle était dans ses bras.

Ils ne savaient pas danser. Stella et Marin bougeaient lentement, collés l'un à l'autre. Puis se séparaient, à contretemps. Qu'importe le décalage de leurs pas sur la musique. Ils tournaient sur eux-mêmes, seuls les cheveux de Stella suivaient le rythme.

Sur de grands éclats de rire, il se mit à pleuvoir. Tout doucement. La danse continuait d'emporter les esprits, personne ne s'interrompit sauf ceux qui préféraient protéger les verres … Qui peut boire un verre de rhum coupé d'eau ?

Fallait-il donc que, toujours, chaque chose la ramène au même endroit ?

Stella regardait les yeux de Marin. Des gouttes de pluie perlaient sur son visage et venaient mourir sur sa bouche.

 Il se lécha un peu les lèvres, en la serrant fort dans ses bras, contre lui, contre sa poitrine. Elle sentait battre son cœur, il lui sembla qu'elle pouvait même entendre chaque pulsation malgré les claques de la pluie et les cuivres de la musique.

Dans un élan, il l'embrassa. Leurs bouches mouillées de désir et de pluie se découvraient. Il lui lécha les lèvres, elle, sa langue. Il lui griffa le dos, elle agrippa ses cheveux. Elle agrippa tout de lui, sa bouche, ses épaules, ses mains. Elle ne pouvait pas tomber.

Son corps n'était pas lourd, il était léger dans les bras de Marin. Parfois il n'y a que le désir pour délester l'âme de tout ce qui l'encombre et l'accable.

L'hôtel était plongé dans le silence lorsqu'ils furent de retour. Les lumières allumées de toutes parts dans ce calme absolu lui donnaient un air de vieux palais abandonné. Ils étaient seuls.

Leurs chaussures trempées à la main, ils longèrent sans bruit le long couloir qui menait à la chambre de Marin qui se trouvait trop loin de la sienne.

A peine entrés, il lui enleva sa robe. De la salle de bain, il rapporta une serviette avec laquelle il sécha ses longs cheveux bruns. Il s'occupait d'elle comme on s'occupe d'une enfant. Il lui essuyait le visage de baisers.

Il l'allongea sur le lit. Puis il reprit *sa danse du ventre.* Ses doigts, sa main glissaient de nouveau le long de son nombril, puis elle dit :

- Je t'en supplie… s'il te plait… je t'en supplie… viens…

Elle écarta ses cuisses en pliant légèrement ses jambes, saisit de ses deux mains la sienne, et la glissa plus bas, elle lui demanda d'enfoncer ses doigts…et soupira… un long soupir d'abandon et de plaisir.

Elle lui demanda de lui faire l'amour et de la baiser. Les deux. Elle voulait les deux en même temps. Longtemps. Il lui fit l'amour, il la baisa, elle lui fit l'amour, elle le baisa. Longtemps.

Les autres nuits furent jumelles de la première jusqu'à leur départ de l'hôtel. Puis ils firent l'amour le jour aussi, car Marin posa quelques jours de congés afin d'accompagner Stella à la découverte de l'île.

Ils prirent la route dans la fraîcheur d'un matin sans nuage, salués par le chant des oiseaux migrateurs. Quelle beauté, se dit-elle sur le chemin, contemplant les jardins de palmiers et les champs en pente au vert ardent et humide. Cuba lui apparut telle une jungle brulante d'une luxuriance originelle et vive.

La richesse de l'île ne se trouverait-elle plus qu'ici ? Dans l'éblouissement de ses arbres majestueux et droits.

Marin avait sans doute raison lorsqu'il lui avait dit que ses yeux étaient d'ici, existe-t-il une ville plus mélancolique que celle vers laquelle ils roulaient …

Il faut découvrir La Havane entre chien et loup, jamais dans le plein jour. Cette ville fut un matin, Stella l'aimerait devenue crépuscule. Elle possédait aujourd'hui, comme elle, ses ombres et ses fantômes, une même tristesse. Elle rencontra une ville qui se relevait à peine d'une longue agonie. Elle en tomba amoureuse dès les premiers instants.

Savez-vous qu'elle fut peut-être l'une des plus belles villes que la terre ait portées. Aujourd'hui elle frissonne encore de son vieux passé. Il faut de nombreuses nuits pour explorer les splendeurs d'une ville.

A l'heure du diner, toute la ville semblait se mettre à table en même temps : odeur de friture, de tabac, odeur de musique chaude. La nuit, tout le monde faisait l'amour en même temps : odeur d'alcool, de sexe, odeur crue, odeur délicieuse.

Au détour d'une ruelle, Stella se dit que son âme sœur ne serait jamais un homme mais qu'elle était cette ville.

Avez-vous déjà vécu cette expérience de voyage ? Alors vous avez compris. Vous avez compris ce qu'on peut rencontrer parfois lorsqu'on part à la recherche d'un point d'ancrage...

Stella devina enfin ce que Marin avait trouvé en arrivant ici: une chambre où déposer tous ses bagages.

Elle était heureuse et émue à la fois. Elle était heureuse de découvrir cette ville et d'avoir ce garçon à ses côtés, si serein et si attentionné.

Elle comprenait aussi, peut-être même pour la première fois, que pour elle le bonheur aurait éternellement ce gout-là, cette saveur-là, splendeur et détresse à la fois.

Chaque jour, en fin d'après-midi, ils se promenaient le long du Malecon, cette longue avenue déserte à flanc de mer où le vent venait battre les façades rongées par l'humidité et le sel et s'engouffrer dans les plaies béantes des immeubles et des cœurs solitaires.

Odeur d'embruns, odeur de voyageurs, odeur de rêves et d'espoirs, croisés sur ce long boulevard oublié.

A cette heure de la journée, juste avant que le soleil ne se couche, une certaine douceur lascive surgissait. La ville se déshabillait alors, délaissant sa tenue de jour pour enfiler celle de nuit, plus envoutante encore.

Dans cette clarté entre chien et loup, au détour d'une rue, alors qu'ils déambulaient au hasard de leurs envies, Stella aperçut une vieille femme, assise par terre sur le seuil de la porte d'un petit immeuble rose.

Elle parlait toute seule, tantôt à quelques passants indifférents qu'elle interpellait gentiment, tantôt à elle-même, soudainement sous l'emprise d'une profonde tristesse.

Stella s'approcha d'elle sans pour autant vouloir l'embarrasser par sa curiosité. Elle voulait sentir la solitude de cette femme, voir son visage sillonné de rides profondes comme celles qui naissent sur les figures de ceux que la vie n'a pas épargnés.

La vieille femme portait une robe rouge à volants semée de pois blancs, qui aurait pu davantage convenir à une jeune fille mais elle possédait une certaine grâce et habillée ainsi, ne paraissait nullement ridicule. Une fleur jaune en plastique était plantée dans ses cheveux, restés noirs, relevés en chignon. Un énorme cigare était coincé entre deux doigts de sa main droite qu'elle portait à sa bouche dans les rares instants de silence qu'elle s'imposait se perdant alors complètement dans ses pensées.

Elle ne mendiait pas, non, il ne s'agissait pas de cela.

Il semblait qu'elle s'était habillée ainsi pour un rendez-vous galant, et qu'elle restait là, à attendre que son prétendant enfin surgisse.

Alors qu'elle interpelait un passant, Stella imagina qu'elle lui demandait : *Il vous a bien dit qu'il arrivait bientôt, alors je vais l'attendre encore un peu.*

Stella demanda à Marin s'il connaissait cette femme ou s'il savait ce qu'elle faisait là, assise par terre. Il jeta un bref coup d'œil à la vieille femme et lui dit :

 - Son fiancé est parti il y a très longtemps, il a fui Cuba à l'arrivée de Castro. Le rendez-vous était cette adresse. Ils devaient partir en bateau jusqu'en Floride. Il est parti sans elle. Elle n'a jamais eu de ses nouvelles.

Stella leva la tête dans l'espoir de croiser son regard mais la vieille femme porta le cigare à sa bouche, tira un peu dessus et se remit à parler à celui qui n'était plus là pour l'entendre.

Marin lui dit :

- Allez viens, on va aller boire un verre un peu plus loin.

Le petit bar dans lequel il l'entraina était bien plus coloré et chaleureux que la devanture délabrée pouvait le laisser croire.

La musique était suave, les rares clients semblaient s'être laissés emporter par cette belle douceur lascive, qui les happa immédiatement tous les deux en entrant.

Ils ne pouvaient s'installer qu'au comptoir. Heureux de leur présence, le barman leur servit à boire et se lança dans une discussion enthousiaste à laquelle, seul, Marin répondit. Stella restait indifférente à leurs échanges trépidants.

Son visage avait changé, elle semblait s'être vidée de tout son être.

Ses épaules tombaient, elle respirait à peine, une main molle tenait encore son verre qu'elle avait vidé d'un trait. Elle n'était plus là, ne semblait plus rien entendre, n'avoir plus rien à dire. Elle gardait les yeux baissés, les paupières alourdies de regrets.

Que sait-on vraiment des gens assis par terre, que sait-on vraiment du poids qui les empêche de se relever ?

Que savait-elle du poids qui avait empêché son père de rester debout ?

Que savait-elle de son père ?

Que savait-elle de ce qu'il avait sans doute perdu, lui aussi ? Qu'avait-t-elle su de l'homme ?

Que savait-elle de sa sœur, du corps de sa sœur écrasée par terre ?

Défaut monstrueux du cœur.

Son père avait succombé à une blessure d'amour. Il était mort le cœur ouvert. Il avait juste attendu que le train revienne.

Stella restait perdue dans son verre. Seule, face à la fatalité de son existence qui la ramenait toujours au même endroit de ses regrets.

Marin savait ce qu'il fallait faire pour qu'elle revienne à elle. Il s'avança plus près d'elle, glissa une de ses mains sous ses cheveux lâchés, contre sa nuque chaude et lui dit tout doucement : *Reviens…*

Les yeux embués elle lui adressa un timide sourire. Il lui caressa la joue tendrement, puis la nuque de nouveau, et les cheveux encore.

Reviens...

Le barman se fit plus discret après leur avoir servi deux autres verres. Marin but le sien et dit : *Après,* en éloignant celui de Stella.

Avec son genou, il lui écarta légèrement les jambes, d'un coup Stella reprit sa respiration. Sa main gauche quitta sa nuque, il tendit l'autre, la plus discrète, qui glissa le long du comptoir pour s'arrêter sur le haut de sa cuisse puis contre sa taille.

Il lui caressa le ventre tout doucement comme il savait si bien le faire. Elle se redressa un peu, les épaules joliment tenues en arrière. Les seins tendus, elle pencha légèrement la tête sur le côté, enfouit une de ses mains dans ses cheveux qu'elle releva dans un doux mouvement qui signifiait qu'elle avait chaud. Elle lui sourit enfin, d'un beau sourire qui entraine aussi les yeux. Il lui dit *: Viens...*

Il lui prit la main et l'entraina vers la salle du fond puis un peu plus loin, dans un recoin sombre, à l'abri du regard de ceux qui avaient devinés et resteraient silencieux.

Il la prit dans ses bras, elle se colla à lui, enlaçant ses bras autour de son cou. Elle enfouit sa bouche dans la sienne, il lui tira les cheveux et lui dit : *Demande le moi…*
Il baissa les bretelles de sa robe, laissant apparaitre ses seins, qu'il prit dans sa bouche, elle bougea un peu pour la laisser glisser par terre, elle avait envie d'être nue. Elle sentait la bouche et les mains de Marin. Elle entendait tous les bruits, la musique et les voix fortes qui venaient de la salle, il lui semblait que tous se promenaient sur son corps. Elle se retourna, colla ses seins contre le mur, se cambra en gémissant un peu. Il lui glissa un doigt dans sa chatte trempée puis un deuxième, s'agenouilla pour la lécher. Elle

sentait sa langue et ses doigts, maintenant ils étaient trois, puis quatre. Il lui dit doucement : *Demande le moi encore...*

Il se releva et enfonça d'un coup sa queue dans sa chatte, elle se cambra davantage. Il lui écarta un peu plus les jambes, la saisit fermement par les hanches et se mit à la baiser comme elle le voulait, se laissant guider par son corps et sa voix qui le réclamaient.

Tous les murmures doux de la ville, toutes les couleurs éclatantes du ciel, toutes les chaudes musiques, toutes les voix épicées, et la queue de Marin pénétraient en elle en même temps. Elle était enfin revenue. Elle n'était plus seule, ils étaient des milliers. Elle se mit à jouir comme elle n'avait pas joui depuis longtemps. Un orgasme qui sembla sans fin, si fort, qu'une larme jaillit de son œil droit, une seule petite larme qui venait enfin vaincre la distance qui la retenait encore loin de Marin et du reste du monde.

Un matin ils quittèrent les odeurs de rues et de poussières, les maisons roses, jaunes et bleues, et décidèrent de passer les derniers jours sur l'un des nombreux ilots, les cayos, qui entouraient Cuba. Marin connaissait un endroit.

Sur la route, en s'enfonçant dans la campagne, ils s'arrêtèrent dans un petit bar, une cabane en bois. Un vieil homme, assis sur le seuil, contemplait le vide. Lezama était son nom. Il semblait heureux de les accueillir.
Stella ne savait pas si Marin et lui se connaissaient déjà. Ils étaient les seuls clients.

Ils restèrent l'après- midi entière avec lui, à écouter toutes sortes d'histoires d'hier et d'aujourd'hui, gaies, grivoises ou désespérées.

Marin semblait ne pas avoir envie de partir, il relançait sans cesse le vieil homme en lui réclamant d'autres histoires. Ils rirent et burent beaucoup aussi. En levant son verre, Lezama, de son beau sourire édenté, leur dit :

- Trinquons !

Trinquons à vous, mes amis venus de France, à vous chanceux, à vous vagabonds fuyant vos chagrins. A toi, Marin qui pourrait être mon fils, à toi Stella et à tes yeux si tristes.

Trinquons à tous ceux qui nous ont quittés !

Trinquons à l'énergie des Cubains, à notre joie, à nos espoirs et désespoirs !

Trinquons aux enfants morveux, à la crasse dans le cou des vieillards, aux femmes splendides et à leurs seins voluptueux.

Trinquons à ceux qui boivent parce qu'ils ont faim, à ceux qui boivent pour nourrir leurs larmes.

Trinquons aux malades, aux pouilleux.

Trinquons à ceux qui font l'amour pour s'aimer ou pour s'oublier.

Trinquons aux hommes donnant du plaisir !

Trinquons à ceux qui ont tout et se plaignent.

Trinquons à ceux qui n'ont rien et restent silencieux.

Trinquons à la beauté du ciel, à la chaleur du soleil.

Trinquons à la mer, aux vagues et à leurs promesses.

Trinquons à la musique délicieuse qui jaillit de chacune de nos maisons en ruine.

Trinquons à l'amour, à la mort qui sera ma dernière putain !

Un dernier verre loin dans la gorge. Stella ne savait pas si ce fut la brûlure de l'alcool ou l'émotion qui leur mouilla les yeux, mais lorsqu'ils reprirent la route, ils brillaient encore un peu.

Le soir venu, enfin sur leur *cayo*, alors qu'il tenait Stella dans ses bras, assis sur le perron de la petite maison qu'on venait de leur prêter, Marin lui récita par cœur le petit poème qu'elle lui avait écrit.

Il lui dit : *Tu es si absente par moment.*

Elle s'excusa, lui expliqua qu'elle ne maîtrisait pas ses absences, ses « je suis là et ailleurs à la fois ».

Comment expliquer, comment raconter lorsqu'on n'est pas là ?

Elle ne savait même pas où elle allait à chaque fois. Il lui arrivait parfois de ne se souvenir de rien, de ne retenir aucune phrase d'une longue conversation qu'elle venait d'avoir, d'oublier aussitôt les visages, les noms de ceux qu'on venait de lui présenter. Il n'y avait que la lumière qu'elle n'oubliait jamais. Elle se souvenait toujours de chaque couleur, de chaque nuance liée à une situation ou un évènement, née de la moindre conversation. Il n'existait pour elle que la lumière ou l'obscurité des êtres et des choses.

Sur cette île primaire, sa solitude nue, leurs solitudes nues pouvaient s'exprimer sans frontières et c'est pour cela qu'ils s'y sentaient bien.

Le matin, ils dormaient jusqu'à pas d'heure, prenaient leur petit déjeuner ou leur déjeuner et se jetaient à l'eau où ils nageaient jusqu'au gros rocher, entièrement nus.

Ils faisaient l'amour, dans l'eau, sur le sable, caressés par l'écume. Stella adorait sentir la chaleur du soleil sur son visage, la douceur des vagues glisser le long de son corps. Marin adorait la sentir assise sur lui, voir ses seins bouger lentement, les mains pleines de sable.

L'ilot était désert, uniquement peuplé de sable blanc, de rochers, de palmiers, de manguiers, où vivaient en totale liberté, hérons, colibris, pélicans, tortues de mer, oiseaux- mouches.

Ainsi demeuraient ils, libres, nus, seuls. Ils existaient en perdant non pas ce qui leur avait appartenu mais ce qu'il n'avait jamais eu.

Le dernier soir, ils contemplèrent le coucher du soleil, en se disant que ces jours resteraient précieux. Des souvenirs dans lesquels ils pourraient venir se réfugier à tout instant, des petits ilots, des moments suspendus, des instants de paradis.

Cuba est une île de désir et le désir, parfois lui seul, peut unir intensément deux êtres sans se préoccuper du reste. Il ne pouvait surgir aucun chagrin, aucun regret de leur rencontre, ils ne s'étaient pas rencontrés pour vivre cela. Ils s'étaient d'instinct laissés aller l'un vers l'autre sans imaginer pouvoir se garder.

On voyage pour revenir, on le sait.

7

Faux raccords

« Les parfums, les couleurs et les sons se répondent » disait un vers de Baudelaire. Certaines rencontres aussi.

Portée par une joie nouvelle nourrie du souvenir de la nature sensuelle et sauvage de Cuba, son travail s'ennoblit de mouvements et d'émotions aussi vifs qu'inattendus. Il s'éleva comme traversé de compulsions de répétitions qui donnaient sens à tout ce qu'elle faisait. Elle savait que sa mémoire traumatisée facilitait la répétition et qu'en restant, ainsi, prisonnière de son passé, elle s'empêchait toute évolution affective. Et pourtant c'est ce chemin qu'elle souhaitait poursuivre car, lui seul, permettait d'éprouver les expériences nécessaires à la connaissance de soi même.

Au cœur d'une multitude d'aplats de couleurs vives, épais comme un tissu et arqués comme une voile, se trouvait une petite fille.

Sur un dessin, qu'elle avait vendu peu après son retour, se trouvait l'enfant qu'elle avait été. Une petite fille, de quatre ans, perdue au milieu d'une foule immense.

Cette composition était la plus grande qu'elle avait jamais réalisée. Une longue et large fresque composée de pans de couleurs entremêlées, superposées avec, en son centre, pour unique point d'équilibre, une minuscule petite fille agrippée au cou d'un inconnu. Stella avait recomposé un souvenir d'enfance, elle, perdue au milieu d'une foule compacte et tentaculaire d'un grand marché aux puces de Paris. Elle avait lâché la main de son père car déjà elle aimait se sauver. Elle n'avait pas eu peur ni pleuré. Un homme la remarqua déambulant seule, égarée, sans personne autour d'elle pour la réclamer. Elle aurait pu disparaître à jamais.

Mais il la hissa sur ses épaules pour que ceux qui la cherchaient puissent la reconnaitre. Elle resta ainsi agrippée, les mains serrées autour du cou d'un homme qu'elle ne connaissait pas jusqu'à ce quelqu'un la retrouve enfin.

Chambre 303.
Stella frappa à la porte trois petits coups, et attendit. Elle souriait déjà lorsque la porte s'ouvrit. Il devait lui dire d'entrer car il s'écarta pour la laisser passer. La suite était très grande et joliment décorée, dans les mêmes tons que la sienne : crème, caramel et noir-laqué. De la baie vitrée elle pouvait apercevoir le feu d'artifice qui criait sa joie de célébrer l'année nouvelle. Le spectacle était splendide. Les éclats brillants de couleurs éclairaient, par

touche, les massifs enneigés comme un peintre aurait pu le faire avec son pinceau.

Sur la table basse patientaient deux coupes de champagne. Il devait, sans doute, lui dire qu'il était heureux de pouvoir trinquer à leur rencontre. Stella lui répondit qu'elle ne comprenait pas un seul mot de ce qu'il disait mais que cela ne les avait pas empêchés de faire connaissance, dans le grand salon de l'hôtel, et de se retrouver ici.

A la fois massif et élégant il dégageait une assurance salutaire. Une barbe légère encadrait son visage et donnait, à ses yeux bruns, encore plus de relief. De jolies rides agrémentaient l'ensemble en une harmonie séduisante.

Anton ressemblait à un Italien ou à un Argentin et ne parlait ni le français, ni l'anglais. Stella ne connaissait aucun mot d'allemand.

Il s'avança vers elle et la prit dans ses bras. Sa barbe douce lui caressa les joues et le cou. Ses belles et grandes mains lui agrippèrent les fesses. En disant quelque chose, il embrassa ses seins. Stella pensa que ces mots pouvaient signifier plusieurs choses mais renonça à l'idée de devoir déchiffrer tout ce qu'il pourrait dire par la suite. Chaque son deviendrait un compliment. Elle se laissait guider par tout ce qu'il entreprenait. Ses gestes lui semblaient naturels et superficiels à la fois. Ils surgissaient d'elle, si loin de ses désirs véritables, et pourtant, si convaincants pour celui qui se tenait dans ses bras.

A son retour, à Regensburg, une ville au nord du Danube, où il vivait, Anton, n'ayant pas réussi à trouver un professeur de français, en engagea un d'anglais. Il lui écrivit de nombreux mails où il exprima son bonheur de la connaître et de pouvoir échanger avec elle d'une manière bien plus originale qu'une banale rencontre sociale aurait pu lui offrir. Dans le premier message il lui demanda de lui raconter sa vie en seulement quatre phrases. Elle lui envoya ceci :

Je suis née un 1ᵉʳ novembre, j'aime lire, danser et nager et très souvent ne rien faire de la journée. Parfois en fin d'après-midi, je bois du thé ou du rhum, j'écoute Bob Dylan ou Daniela Mercury, je dessine des choses inutiles ou écris à un homme que c'est fini, et regrette lorsqu'il fait nuit.

Anton lui donna rendez-vous un mois plus tard. Il avait choisi un restaurant, situé tout en haut d'une rue, où la vue sur Paris à cette heure-là du soir, ne permettait aucune mélancolie. Lorsqu'elle le retrouva, il était accessoirisé non pas d'un dictionnaire mais d'un interprète, prénommé Marcus, étonnamment grand et blond et vraisemblablement très intimidé.

Alors qu'elle s'installait à leur table, il lui dit tous les mots qui exprimaient à quel point elle lui avait manqué. Marcus rougissait à chaque fois qu'il traduisait ses paroles et s'empourpra davantage encore lorsqu'il dut traduire celles de Stella.

Marcus était un jeune banquier suisse pour lequel Anton dessinait une maison. Lors d'une conversation, celui-ci comprit que parlant français et allemand, il était l'alternative rêvée au prochain dîner qu'il souhaitait partager avec Stella, pour la première fois depuis leur rencontre. Pour le convaincre Anton lui promit un dîner sympathique, du temps libre pour profiter de Paris, et sa gratitude éternelle. Marcus accepta non sans un certain embarras, mais ne pas céder, devant tant d'arguments romanesques, l'aurait enfermé définitivement dans son trop sévère costume de banquier sur lequel il pouvait, à présent, rajouter collerettes et jabots.

Tout comme Anton, il éprouvait le besoin de faire un pas ou deux de côté, pendant quelques jours, pour le plaisir de marcher en terre inconnue. Stella ne fut à aucun moment embarrassée par la présence de Marcus et avait même été très flattée de découvrir à quel point il s'était appliqué à organiser leur dîner.

Anton avait, depuis toujours, désiré devenir architecte. Il aimait énormément son métier. Imaginer, élaborer, construire étaient toute sa vie. Il avait été à l'initiative de nombreux projets dans sa région et son grand fantasme était de pouvoir construire une ville entière. Il donna tous les détails nécessaires à la bonne compréhension de son ambition. Il était très bavard. Comme pour lui ordonner de se taire, la tour Eiffel se mit à scintiller. Il cessa de parler, Marcus de traduire, Stella fut soulagée de ne plus les entendre. La découverte de la beauté ne permis qu'une courte pause silencieuse et malheureusement Anton poursuivit.

Il avait pratiqué de nombreux sports, s'était laissé aller à la découverte de multiples passe-temps devenus certaines fois des passions : il passa du delta plane à la voile, de la voiture de course au vélo, étudiait toujours le piano, la guitare et s'était mis dernièrement à écrire. Il précisa qu'il n'avait pas d'enfant et espérait ne jamais en avoir. Stella se dit que c'était une très bonne idée d'autant plus qu'il confirma désirer se mettre un jour, à l'harmonica, au bobsleigh, à la lutte et à la batterie, partir de longues semaines au Pérou et en Laponie. Rien que de l'entendre énumérer tout ce qu'il avait l'intention de faire, elle se sentit soudainement épuisée.

Stella n'aimait pas les situations privilégiées, ni aucune des choses privilégiées du monde.

Elle ne voulait pas faire partie de ceux qui gagnent, ceux que la vie récompense. Ceux qui veulent posséder même ce dont ils n'ont pas besoin. Elle n'avait rien et ne désirait rien d'autre que ce que la vie avait prévu pour elle. Elle répondit sans bavardage à ses questions, lui parla peu de ses dessins, fit une courte allusion à la poésie qu'elle aimait, et finit plus longuement en évoquant ses dernières promenades.

Anton lui dit : *Tu ne quitteras jamais ma vie.*

Marcus ne se contenta pas de traduire cette fois ci, il l'imita en insistant sur certaines intonations comme s'il souhaitait qu'elle reçoive ses mots de la façon la plus juste possible.

Stella restait silencieuse. Etonnants les êtres emplis de certitudes. Tous demeuraient pour elle un grand mystère. Comment pouvaient-ils ignorer que rien ne dure.

Avant que le café fût servi, Marcus leur adressa son au revoir, en les rassurant sur le plaisir qu'il avait eu de célébrer leur union dans la parole. Anton s'adressa alors à Stella, en allemand, qui l'écouta brusquement envahie par l'ennui.

Quelques semaines plus tard, par un beau matin lumineux et clair, annonçant la fin de l'hiver, Stella atterrit à Rome. Ils avaient décidé de fixer leur prochain rendez-vous dans une ville étrangère. Sans hésiter Anton choisit de l'inviter à passer un week-end dans la ville éternelle. Pour se revoir, pourquoi s'accueillir, autant partir se cueillir dans une ville majestueuse en avance sur le printemps.

Sur le chemin qui la menait jusqu'à la vieille ville, elle reçut un message d'Anton lui précisant qu'il était déjà arrivé et qu'il l'attendrait, dehors, juste à côté de l'entrée de l'hôtel.

Elle lut le message plusieurs fois et n'y répondit pas.

La ville surgit, tout d'un coup, au milieu de la campagne. Bordées par des allées de pins parasols, elle découvrit les couleurs chaudes des maisons. Fuyant le Castel San Angelo, ils s'engouffrèrent au cœur des premières rues étroites. Alors qu'ils approchaient enfin de l'hôtel, Stella reconnu la silhouette d'Anton.

Il se tenait debout, le dos tourné vers la façade d'une église sur laquelle était peinte une sainte ou une vierge aux couleurs pastelles. Stella dit en s'approchant du chauffeur :

Continuez ! Ne vous arrêtez pas !

Il n'entendit pas la voiture passer derrière lui et le plaindre.

Il garda la tête levée vers la vierge, la laissant incarner, finalement à elle seule, toutes les promesses du monde.

Enfoncée dans la banquette arrière, Stella soupira, soulagée, libérée d'un poids qui lui était tombé dessus dès qu'elle l'avait aperçu.

Le chauffeur lui demanda où elle souhaitait aller, elle lui répondit qu'elle ne savait pas encore. Elle envoya un message à Anton, s'excusant de le prévenir si tard mais qu'elle avait eu un empêchement et qu'ils ne pourraient pas se voir comme ils l'avaient prévu. Elle ne répondit pas lorsqu'il essaya de la joindre. Elle reçut sa réponse où il disait qu'il ne comprenait pas très bien ce qu'il s'était passé, qu'il ne resterait pas à Rome sans elle, et qu'il s'envolerait aujourd'hui même de nouveau vers l'Allemagne.

L'imaginer quitter Rome provoqua en elle un apaisement encore plus grand.

Alors que le taxi longeait le Tibre, elle leva les yeux vers l'ocre rouge et l'ocre jaune qui lui tendaient déjà les bras. Son visage s'éclaira d'une douce quiétude qui n'exprima que le soulagement d'avoir abandonnée une relation à la brièveté de son destin et de partir découvrir cette ville qui, à elle seule, incarnait l'éternité.

Anton n'avait rien fait, rien dit, qui avait pu la contrarier avant d'embarquer. Ce matin-là elle avait quitté Paris heureuse de le retrouver. Ce ne fut qu'une fois arrivée, alors que l'indolence du trajet ne lui permettait plus aucune rêverie, que le poids de cette relation lui apparut enfin. Comment consacrer du temps et de l'attention à Anton, mutique par défaut, alors que la ville regorgeait d'hommes dont la voix, l'accent lui rappelait tant ceux d'Alberto. En choisissant Rome, Anton, sans s'en rendre compte, avait, lui-même, lâché le couperet qui lui avait coupé la tête. Elle l'avait laissé faire, pressentant inconsciemment ce qui allait survenir. Au plus profond d'elle-même, elle savait qu'à chaque fois qu'il lui avait parlé d'avenir, elle n'avait eu qu'une seule envie, fuir.

Stella n'aimait que les commencements car eux seuls incarnaient sa volonté de vie suprême. Une fois arrivée, elle comprit qu'elle avait commis une erreur en cherchant à poursuivre ce qui aurait dû, au lendemain de leur première rencontre, s'achever.

Le souvenir de la souffrance passée érotise davantage ce qui n'existe pas encore.

Le chauffeur de taxi s'appelait Paolo et conduire n'était pas son métier, il composait de la musique. Il avait dû, quelques mois auparavant, se décider à gagner de l'argent autrement car il ne pouvait plus vivre correctement en n'imaginant que des notes.

Elle n'avait pas fait attention à lui lorsqu'il avait saisi son sac pour le mettre dans le coffre de la voiture et pourtant, à présent, il lui semblait être un titan. Ses épaules gigantesques dépassaient largement du siège et il ne restait que trois centimètres entre sa tête et le plafond. Stella se dit que cela devait être sans doute pour cette raison qu'il avait choisi de les laisser rasés.

Rien dans cette voiture ne lui allait, tout paraissait trop petit, même le volant avait disparu sous ses mains, Paolo semblait être là par erreur. Ses yeux bleus qu'elle contemplait dans le rétroviseur, alors qu'il lui racontait tout ce qu'il faisait, se révélaient incroyablement beaux : *Azzuri* ils étaient, et la ligne des sourcils qui renforçait son caractère transformait son regard, en horizon.

Elle lui expliqua ce qu'il s'était passé et pourquoi ils continuaient de rouler, il ne paraissait pas surpris.

On ne fuit pas tout de suite un homme qui possède un regard pareil, Stella lui répondit, *Oui*, lorsqu'il lui proposa de l'héberger.

Ils firent demi-tour et traversèrent le Tibre afin de rejoindre le quartier de Trastevere où il vivait.

Dans l'étroite rue, jaune et rouge, où Paolo habitait toutes les boutiques avaient été transformées en appartement. La sienne était une ancienne épicerie dont il avait conservé, au sol, le joli carrelage multicolore et, aux murs, quelques étagères. C'était une grande pièce unique, étroite et profonde, dans laquelle se trouvaient une table, quatre chaises, un grand lit, et plusieurs instruments de musique. Paolo rangea très vite tout ce qui trainait un peu partout, lui demanda si elle avait faim et disparut en cuisine après qu'elle lui eut répondu oui, il était déjà midi.

Encouragés par le doux soleil d'avril, ils déjeunèrent dehors, installés sur le pas de la porte de la boutique. Les hautes et belles plantes qui encadraient la table leur donnaient l'illusion d'être dans un jardin alors qu'ils étaient au beau milieu de la rue. Ils se parlaient comme s'ils se connaissaient déjà depuis longtemps.

Stella se dit que peu de choses de la vie pouvaient encore surprendre et déstabiliser un chauffeur de taxi qui, toute la journée, promenait les hésitations et les contradictions des êtres venus du monde entier.

Paolo possédait un bel accent, il parlait lentement en détachement chaque syllabe pour qu'elle puisse mieux le comprendre. Stella l'avait suivi pour le seul plaisir de l'écouter et sera comblée d'un plaisir encore plus grand, lorsque, le soir venu, il quitta des mains, la rugosité du cuir de son volant pour retrouver la douceur des touches de son clavier.

Lorsqu'elle l'entendit, installé à son piano, elle fut impressionnée que d'un homme si grand possédant un dos si large et si impressionnant surgisse une musique si douce et délicate.

Il joua toute la soirée, des airs classiques ou de jazz et finit par quelques titres composés par lui-même. Par moment il s'interrompait et de sa belle voix grave lui racontait pourquoi il aimait tant, telle ou telle musique, ou comment il en avait imaginé telle ou telle autre. Stella fermait, alors, les yeux savourant chaque nuance de son accent, le timbre de sa voix lui rappelait tant celui d'Alberto. Chaque son provenant d'une lettre volait vers elle comme l'aurait fait une chanson.

Il lui confia que parfois il s'enfermait plusieurs jours de suite lorsque l'inspiration surgissait. Il vivait alors comme il rêvait, seul.

La solitude devenait sa seule compagne, son amoureuse silencieuse. Ce soir - là, elle le devinait soulagé de pouvoir partager sa musique, il avait besoin d'être écouté, elle était devenue son public, il jouait encore lorsqu'elle s'endormit.

Avait-elle rencontré Anton pour pouvoir connaître Paolo et mieux se souvenir d'Alberto ? Inconsciemment, elle avait remis chaque chose à sa place, chaque pièce du puzzle qu'elle reformait sans cesse de la même façon. La beauté de Rome ne peut plus se raconter. Le lendemain elle découvrit le Panthéon et ses lèvres, la Fontaine de Trevi et sa langue, la Piazza di Spagna et ses mains, la Piazza Navona et son odeur, la Villa Borghese et ses bras et, au soleil couchant, le Mont Gianicolo et toute l'étendue de son être.

Les jours suivants, dans la journée entre deux courses et deux promenades, ils se retrouvaient Campo di Fiori pour un café, le soir ils dînaient devant chez lui, puis Paolo repartait travailler. Stella restait alors assise, à côté de la chaise qu'il avait laissée vide. Peut-être l'avait-elle suivi que pour attendre son retour. Car Paolo revenait toujours.

Stella aimait ses journées solitaires où la ville semblait s'offrir à elle à chaque coin de rue. Après avoir visité un musée, elle aimait se perdre dans la ville aux trois cents fontaines et paresser dans un de ses jardins aux mille variations de vert. L'eau et la nature structuraient le paysage de la ville. Chaque ruelle était un sentier, et elle aimait savoir qu'au bout du chemin se trouvait la mer.

Parfois, dans un jardin, assise sous l'ombre d'un grand chêne elle dessinait tout ce qui lui rappelait Alberto.

Elle contemplait les palmiers, les magnolias, les lauriers roses, les platanes, les tilleuls, les glycines et son crayon retrouvait la lumière de ses yeux, la couleur de sa bouche, les nœuds de ses cheveux, l'élégance de sa haute taille. Un coup de vent dans les arbres et elle pouvait entendre la légèreté de ses pas.

Il était partout, et, elle, lorsqu'elle pensait à lui, où était-elle ? Que cherchait-elle ? Ce n'est pas parce qu'elle ne pouvait pas l'atteindre qu'elle ne pouvait pas le poursuivre.

Ici et ailleurs. Aujourd'hui et demain.

Espérer le revoir, le retrouver un jour, nourrissait son envie de marcher et marcher encore. Dans les rues, les sentiers, le long des plages, continuer de marcher à l'intérieur de soi.

Et ne pas craindre de se perdre.

Le dernier soir, ils s'invitèrent au vernissage d'une exposition intitulée *Faux-raccord*. Il s'agissait d'inventer, autour de cette expression cinématographique, une œuvre quelle que soit son support. Se mélangeaient ainsi des dessins, des peintures, des sculptures et ce qu'on nommait aussi, des installations.

Sur la plaquette résumant l'exposition, on pouvait lire :

Faux-raccord, anomalie dans la continuité d'une séquence, incohérence qui peut rendre difficile la compréhension d'une scène ou l'appréhension du lieu dans laquelle elle se déroule.

La salle d'exposition ressemblait à un labyrinthe, une succession de petites pièces annonçant à chaque fois une promesse et dans lesquelles Stella et Paolo se perdaient, se retrouvaient, alternant les allers et retours, conscients qu'ils dansaient ainsi leurs adieux. Le dernier mouvement de leur ballet les conduisit jusqu'au sous-sol où, sur un grand mur blanc, était projetée une scène d'un film :

Un homme rentre, s'avance vers une femme qu'on ne voit que de dos, il lui sourit, l'enlace, la lumière est douce. Le plan d'après il entre de nouveau, la lumière est différente, plus crue, la femme se retourne, les gestes ne sont plus les mêmes, les regards non plus.

8
A l'ombre de la couleur

Depuis des années, elle n'avait d'hommes que de rencontres, et il lui semblait qu'elle devait garder l'habitude de cette habitude, elle était sa fidélité, pour elle et son travail. Une porte demeurait fermée, en elle, qui ne s'ouvrait qu'aux heures de création.

Elle s'était mise à peindre.

Fuyant le descriptif, elle venait de rencontrer l'abstraction. Elle s'abandonnait, de plus en plus, aux mélanges des sens, associant chaque représentation abstraite à une sensorialité concrète. Nouvelle dimension étrange qui avait toujours fait partie d'elle et qu'elle n'avait pas encore osé exprimer pleinement jusqu'ici.

Pénétrer la couleur, lui donner une odeur.

Faire surgir la lumière, la retenir, la répandre.

Aimer le vert, lécher le rouge, étreindre le jaune, rêver le blanc, séduire le noir, respirer le brun, espérer le bleu, oublier le gris, attirer l'orange, sentir le pourpre, se souvenir du rose.

Et oublier la ligne.

Oublier nez long, lèvres fines, regard étiré, front haut, barbe douce, buste ouvert, dos fatigué, bras tendres, mains fuyantes ou caressantes.

Ne plus dessiner les hommes, mais peindre leurs lumières, leurs sons, leurs rythmes, leurs saveurs, les faire disparaître sous la couleur pour mieux les aimer encore.

De l'amour elle n'en connaissait que la mélancolie. Le bonheur, ce moment de grâce, l'inquiétait, l'angoissait, elle ne pouvait s'empêcher de le comparer, à celui qu'on accorde aux condamnés juste avant qu'ils nous quittent. Certains souhaitaient qu'elle se pose enfin, qu'elle garde un homme près d'elle, elle n'y arrivait pas. Commencer à aimer ou nouer une relation durable provoquait en elle, à chaque fois, un bonheur terrifiant. Elle avait conscience que s'isoler davantage finirait par la rendre, elle aussi, imperceptible aux yeux des autres. Le temps achèverait son travail et la laisserait aussi seule qu'une simple tache de couleur sur un tableau.

Sur une peinture qu'elle n'avait pas voulu vendre, elle avait recomposé un poème qui disait :

Cela aurait pu être
une île
mais c'est plus petit que cela
c'est un îlot,
entouré d'une mer qui n'est plus très sage.
Je suis sur mon îlot
envahi par les flots.

Debout,
balayée par le vent
je suis sur mon îlot
attendant
un dernier voyage.

Partir. Traverser des ponts. Défaire sa valise
dans une chambre inconnue, marcher, se
fatiguer, s'épuiser. Promener son corps vivant
qui ne cessera jamais de bouger, d'aller et
venir et repartir encore.

Un long voyage en train lui permis de
rejoindre Paris pour retrouver, un soir, un
homme qui n'avait pour prénom qu'une
odeur, celle du cèdre. Bois de sarcophage,
essence de momie, arbre majestueux, où les
oiseaux, de toute espèce, peuvent venir
s'abriter à l'ombre de ses rameaux.

Devant un verre de vin qu'ils ne
connaissaient pas, ils se regardaient sans
s'écouter ni se voir. Ils se sentaient, se

respiraient, se ressentaient. Les effluves volaient de l'un vers l'autre se teintant tour à tour, d'ambre, de musc, de vanille et de patchouli. Toutes les couleurs autour d'eux étaient devenues sourdes. Ils étaient deux aveugles. Il n'y avait plus que l'odeur. Les bouffées de bois, de fruits rouges transformaient les bruits en fragrances. Elle ne voulait être parfumée que par le souvenir de leurs voyages. Il lui livra les récits de toutes ses traversées en avion, en car et en bateau. L'odeur des soutes et des océans fantastiques s'étalèrent sous leur désir. Le sel et les épices des souvenirs suffirent à les nourrir. Ils ne dînèrent pas. En finissant son verre, elle lui di t:

Emmène- moi chez toi.

Debout, dans un wagon du métro, elle lui dit enfin quelques mots, lui confia sa passion pour la plongée en apnée qu'elle avait pratiquée souvent au cours de ses voyages. Elle mima des gestes de descentes et de remontées. Et lui avoua qu'elle revenait toujours très vite à la surface portée par une incroyable légèreté. Il n'y avait qu'en mer qu'elle se sentait comme cela.

Dehors, elle le suivit sans faire attention aux rues, ni au numéro de la porte qu'il poussa lorsqu'ils arrivèrent enfin. L'odeur de sa bouche, de ses lèvres, de sa langue, tout était inconnu et déjà familier. Elle avait envie d'être nue pour se coller à lui, pour que leurs peaux s'aiment et s'aimantent.

Sa nudité la troubla plus qu'aucune autre n'avait pu le faire depuis longtemps. Le voir nu la bouleversa bien plus qu'elle aurait pu l'imaginer. Elle ne fut pas troublée, la nudité de l'inconnu l'émut, l'émut profondément. Un sentiment resté si longtemps dans sa propre caverne qu'elle fut éblouie de le voir apparaître. Cette lumière la renvoya à elle-même.

La nudité est antérieure au corps et le corps parfois s'en souvient.

L'immensité de sa vulnérabilité lui apparut enfin. Elle lui semblait se répandre sans qu'elle puisse la retenir, sur ce lit, dans cette chambre, au-delà des murs, en dehors de la ville. Elle traversa les mers, s'enivra du parfum des embruns, des fleurs aux mille couleurs qu'elle caressa dans chaque jardin, effleura la cime des plus hautes collines, se contempla au- dessus des grands lacs, caressa les tours des plus grandes cités, fit encore mille autres voyages et revint se poser sur le lit.

Elle était nue et voulait que l'inconnu se couche sur elle, qu'il la recouvre de sa puissance odorante, de ses branches, de ses larges bras noueux, elle lui dit : *viens*.

Certains matins le soleil brille dans un ciel d'un bleu intense. Au moment où la rame quitta le tunnel souterrain pour se retrouver à l'air libre, la lumière scintilla sous ses cernes. L'inconnu venait de descendre. Et elle, ou pouvait-elle encore se rendre ? Ses promenades ressemblaient de plus en plus à un pèlerinage tant l'obstination était forte de poursuivre, inlassablement, toujours le même chemin.

Lorsqu'elle regarda de nouveau droit devant elle, la place que l'inconnu avait laissée libre, était déjà occupée par quelqu'un d'autre. Une jeune fille venait de s'assoir.

Ses yeux étaient immenses et verts comme l'étaient ceux de sa sœur. Même les traits de son visage pouvaient être les siens. La ressemblance était frappante. Sa bouche tremblait légèrement comme la bouche de sa sœur avait tremblé lorsqu'elle lui avait tout dit de leur père, assis par terre, dans le petit train de leur enfance.

Elle transpirait un peu comme si elle venait de courir. Pâle comme si elle avait craint de ne pas prendre le train. Mais elle avait eu le temps de venir s'assoir où elle était maintenant. Une émotion, mêlant angoisse et stupeur, envahit entièrement le corps de Stella, devenu tour à tour brûlant et glacé.

Cette jeune fille était bien plus qu'une représentation de sa sœur, elle en était le fantôme au visage transpercé de teintes indicibles. La mort n'est pas blanche.

Etait-ce le vert de l'effroi, le jaune du chagrin ou le gris de l'inconsolable. Visage de cire, comme celui de son père sur lequel elle avait pleuré lorsqu'elle s'était penchée sur le cercueil encore ouvert.

Il avait bien fallu lui dire adieu. Qu'elle s'approche du cercueil de son père ne craignant plus qu'il la repousse. Qu'elle embrasse son front de marbre, qu'elle regarde une dernière fois ce qui n'existait déjà plus depuis longtemps.

Elle murmura alors un mot adressé qu'à elle-même : pardon.
Un pardon à sa sœur et à son père pour n'avoir été que ce qu'elle croyait être encore, une fille à l'esprit engourdi devenu impuissant et vain.

Lorsque les portes du wagon claquèrent, elle sut qu'elle ne reverrait jamais celui qu'elle venait de connaître. Le cercle de son pèlerinage venait d'être brisé. Elle détourna le regard de son horizon funèbre pour choisir le lieu de sa dernière destination et le moyen pour s'y rendre.

Il lui fallait de nouveau traverser l'océan, remplacer ses jambes par des nageoires, plonger dans l'eau, nager au plus profond de la mer, parce que là où elle regardait maintenant elle voulait retourner.

9

Sous la lune marine

L'ouragan a changé de direction. Alors que rien ne pouvait prévoir une telle modification de sa trajectoire, il s'élança plus au nord. Ce changement soudain eut raison de sa puissance car il s'affaiblit perdant ainsi tout de sa féroce menace. Il ne restait plus de lui qu'une pluie tropicale. Un déluge d'eau chaude puis glacée se déversa sur l'ensemble des îles de la région.

J'ai conservé le récit de son âme malmenée par les vents et les courants. Ses confessions auraient pu prendre l'apparence d'une cérémonie qui devait donner une sépulture à celui, disparu en mer, dont l'âme errait encore.

Je me suis souvenu d'une légende d'ici ou d'ailleurs :

Souvent lorsqu'un noyé doit être retrouvé, son ombre apparaît la nuit, en rêve, à sa veuve, ou à une personne qu'il avait aimée, et lui indique où son corps est échoué. Le disparu se retrouve au bout de trois jours, ou de trois autres encore, le plus souvent au bout du neuvième jour.

Et si, ce jour- là, le noyé n'est pas retrouvé, il est inutile d'attendre plus longtemps, la mer le gardera en son sein pour ne plus jamais le rejeter à la surface de la terre.

Neuf jours ou neuf heures ou neuf chapitres.

Ainsi elle n'était pas venue sur cette île des Caraïbes par hasard, même si aucun noyé ne fut retrouvé ce jour-là, ni aucun autre jour.

Lorsque je la vis disparaitre au loin, elle n'était plus telle qu'elle m'était apparue. Sa peau ne brillait pas de la transparence de l'eau de pluie, ni de mer, elle était parcourue de radiations lunaires. Stella s'était éclaircie comme si son sang s'était enrichi d'une substance nouvelle inconnue d'elle jusqu'ici.

Chacun avait enfin repris sa place, les morts et les vivants.

C'était elle la naufragée, celle qui devait être retrouvée, et moi la neuvième histoire.
Elle m'avait choisie pour être retrouvée lorsqu'elle est arrivée de la plage. Un sentiment de clarté avait surgi de l'épuisement de ses voyages. Il lui fallait se confier pour que son chagrin puisse être consolé. Son corps et son esprit se sont unis dans un élan apaisé, tous deux réconciliés. Elle était comme un coquillage vide qui venait de retrouver tout son contenu. Elle avait enfin compris qu'elle n'était coupable de rien. Maintenant qu'elle

savait qui elle était, qu'elle avait tout dit, il lui a été accordé le droit de partir.

Je ne l'ai jamais revue. Elle a quitté l'île pour une destination qu'elle n'avait encore jamais osé imaginer.
La route est longue pour retrouver le chemin de soi – même.

Le soleil est revenu.   Encore plus doux et caressant.   J'ai repris mes habitudes, humblement attentif aux vents et aux courants. Je resterai ainsi jusqu'à l'arrivée du prochain cyclone. Jusqu'à ce que quelqu'un revienne s'assoir au plus près de moi et de lui-même.
Je vous attends.

REMERCIEMENTS

Mes profonds remerciements à Jean Paul pour m'avoir encouragée à écrire.

Toute mon affection à Corinne et Stéphane, mes premiers lecteurs.

Je voudrais aussi dire toute ma gratitude à Patricia, Bérénice, Muriel, Annaig, et Patrick.

Édition : BoD – Books on Demand,
12/14 rond-point des Champs-Élysées, 75008 Paris
Impression : BoD - Books on Demand,
Norderstedt, Allemagne
ISBN: 9782322181308
Dépôt légal : Octobre 2021